有栖川有栖

有栖川有栖

有栖川有栖◆著

林敏生◆譯

【推薦】

有栖川有栖「初登板」傑作

◎洪宏嘉（推理讀人）

五月十一日，日本職棒橫濱灣星隊內野手石川琢朗在與東北樂天金鷹隊進行跨聯盟的比賽中，擊出他加入日職的第二千支安打。他是日本職棒史上第三十四位達到此成就的選手，也是繼前東京巨人隊監督川上哲治（締造巨人隊日職九連霸王朝的名監督）之後，第二位以投手身分加入日職卻完成二千安打的選手。當天晚上，日本NHK電視台除了報導石井選手的此一重大成就外，同時也播放了他新人球季那一年第一次上場投球（初登板）的紀錄片，以彰顯石井選手在職棒生涯的成功轉型。

《月光遊戲》就是日本新本格派推理大師有栖川有栖進入日本推理文壇的「初登板」傑作。

有栖川有栖本名上原正英，一九五九年出生於大阪府。從小就喜歡推理小說，十一歲開始習作推理小說，在大學時代也參加同志社大學推理小說研究會。畢業後在書店工作幾年後，旋即開始了推理小說的創作。

有栖川有栖在一九八七年以《月光遊戲——Y的悲劇'88》角逐第三十三屆江戶川亂步獎。雖然最後未能脫穎而出，但是這部落選作品並未因此而成遺珠，它得到解謎推理文學大師鮎川哲也的青睞，經改稿後，在一九八九年一月由東京創元社，以〈鮎川哲也與十三個謎〉叢書之第四冊出版，自此正式登上推理文壇。

一九八七年同時也是日本推理文壇很重要的一年。綾辻行人、法月綸太郎、歌野晶午、我孫子武丸等獨鍾解謎推理的新秀作家，陸續浮上台面，掀起了「新本格浪潮」。本書作者有栖川有栖，基於創作理念的契合，也因緣際會成爲新本格推理小說的重要作家。在二〇〇〇年成立的日本本格推理作家俱樂部，有栖川有栖被推舉爲首任會長。

「新本格浪潮」目前已成爲日本推理文壇的一大主流。新本格推理作家創作理念的啓發以及靈感的來源，除了來自其國內的橫溝正史、鮎川哲也、島田莊司外，就屬美國的狄克森．卡爾以及艾勒里．昆恩。有栖川有栖素有「日本的艾勒里．昆恩」的美名，我們綜觀有栖川有栖與昆恩的作品，不難發現兩者相似之處。例如本書原稿的副標題即取爲〈Y的悲劇'88〉，書中死者在死前於沙地上留下「Y」，則與《X的悲劇》如出一轍。另外，與昆恩的國名系列一樣，有栖川作品中也有國名系列。然而，有栖川有栖之所以能被大部分日本小說評論家認定爲「艾勒里．昆恩的正統繼承者」，絕非只是書名之模仿以及作品量多質佳而已，重要的是有栖川有栖重塑了昆恩的創作理念，將正統精湛的解謎技法做了極佳的詮釋，將推理小說最原始、最根本的理性價値呈現出來。

有栖川有栖主要作品分爲兩大系列：

一、**江神二郎系列**

以英都大學推理小說研究社社長江神二郎爲偵探，其學弟有栖川有栖爲助手。主要作品「江神二郎三部曲」，包括本書《月光遊戲》、《孤島之謎》（一九八九年），與《雙頭惡魔》（一九九二年）。

二、**火村英生系列**

這是有栖川有栖在完成「江神二郎三部曲」之後，於一九九二年另外創作的偵探系列，以英都大學犯罪學學者火村英生爲偵探，其友人推理作家有栖川有栖爲助手。主要作品包括《第46號密室》以及國名系列。此系列出於角色塑造成功，火村英生是現在日本女性書迷最喜歡的偵探，連帶也使有栖川有栖在女性書迷中擁有不錯的人氣。

從前年年底，小知堂文化便陸續推出有栖川有栖的系列作品，至今已譯介出版的長篇小說及短篇集合計已有十一本。身爲推理小說的愛好者，我們必須向小知堂文化的編輯團隊致上最高的敬意與誠摯的感謝。沒有他們的苦心經營，我們是無法享受到閱讀與解謎的樂趣的。另一方面，各位讀友在欣賞了有栖川有栖的作品後，相信也沒有讓你們失望。

　　前面提到，本書《月光遊戲》是「江神二郎三部曲」的第一部小說，「江神二郎三部曲」係屬不可能犯罪型解謎推理小說，都是「準密室殺人」爲主題的作品，在謎題的設計上則繼承了密室詭計大師狄克森・卡爾作品的精神。《月光遊戲》是記述了一群來自三所不同學校的學生，一同至矢吹山露營。因火山爆發，營地與外面隔絕，並接連發生殺人事件。書中的偵探，英都大學推理小說研究社的社長江神二郎挺身而出，最終成功解謎；記述者（小說中的第一人稱）有栖川有栖在小說中是江神二郎的學弟（非作者本人，是故事裡的另一個人格）。一如大部分的昆恩小說，在卷末的解謎篇前，也附有作家向讀者的挑戰書。書中對於在火山爆發突發狀況下，陰森詭譎的恐怖氣氛，營造得非常成功；受困學生飢渴疲累恐懼的無助感，以及男女學生彼此間若有似無的情愫，也有深刻的描寫，值得一讀。

　　在有栖川有栖筆下，江神二郎是一位靠打工養活自己，長髮及肩，個性沉靜的哲學系學生。他對犯罪者與被害者都抱持相同的理解心；在解謎的過程中，可看出他對世上萬物的包容，同時喜歡從多角度去思索犯罪的動機。他與有栖川有栖作品另一系列偵探火村英生的確不是同一型的解謎者。台灣有爲數不少的有栖川有栖書迷，個人希望各位讀友在回味火村系列之餘，也能愛屋及烏，藉本書來開始「瞭解」江神二郎。小知堂文化在本書之後也會陸續出版另外兩本江神系列作品，敬請各位讀友期待。

登場人物介紹

英都大學・推理小說研究社

江神二郎（社長）……文學院四年級
望月周平……經濟學院二年級
織田光次郎……經濟學院二年級
有栖川有栖（我）……法學院一年級

神南學院短期大學

山崎小百合……英文系一年級
姬原理代……英文系一年級
深澤琉美……英文系一年級

雄林大學

北野　勉……經濟學院三年級
司　隆彥……商學院三年級
戶田文雄……法學院二年級
竹下正樹……理學院二年級
晴海美加……文學院三年級
菊地夕子……文學院二年級
嵐　龍子……文學院一年級
一色尚三……法學院三年級
見坂夏夫……法學院三年級
年野　武……法學院三年級

目錄

月光遊戲

獻給變色龍

序曲

大地再度搖撼身軀，我從淺睡中倏地坐起。

睡袋裡的三道人影動都不動，不知是已習慣這輕微的震動？或是因爲三人白天都累得筋疲力盡了？我覺得自己彷彿被單獨留在停屍間般心慌不已。

我輕輕揭開帳篷向外探看。外面一片漆黑，不見絲毫月光，可能是被濃煙遮蔽了。望向山頂，雖然看不太清楚，但仍能感覺到大量不祥的東西衝上夜晚海面似的天空，並飄落大量灰塵，我緩緩拭去沾在唇上的塵埃。

火山仍在呼吸。

我走出帳篷，輕輕轉動肩膀。可能因爲睡姿不好，全身疲懶無力。一支手電筒的燈光從隆彥他們營帳的方向朝我接近，一件白色運動衫從黑影中浮現——是隆彥。

「又噴發了。」我說。

「夠了，我再也受不了了！」他恨恨地回答。

我們併肩站立，一起仰望三天前才從沉睡兩百年後甦醒的火山頂。

「你認爲還會有比三天前更大的噴發嗎？」我問。

「誰知道？就算現在有個火柱從天而降，腳下地面裂開，我也不會覺得奇怪。但是，我也還沒做好覺悟。」隆彥唇際浮現微笑，搖頭說。

「誰都不想死在這裡吧！」

「話是沒錯，如果要被揮刀亂舞的神秘殺人狂殺害，坦白說，我寧願選擇來一次火山大爆發，將全部的人吞噬。」

「無論哪一種我都不甘心。」江神從帳篷探出頭，「剛才又搖了。」

「你沒睡？又輕微……你們感覺到了嗎？」

「搖動、不停搖動。」隆彥晃動上半身，「所以我才會醒來。」

「你們東京人不是已經習慣地震了嗎？聽說每個月都會遇上好幾次。別說外國人了，連關西人聽到都呆住了。」江神也走出帳篷，伸伸懶腰說。

「江神，這可不是地震，我們正在一座噴發的火山上，就是這樣才叫人絕望。」

江神以隆彥遞來的打火機點起菸，紫煙在空中飄舞。同是老菸槍的隆彥也抽起了一輩子的好朋友——和平牌（peace）香菸。我沉默地心想，抽菸代表了什麼儀式嗎？

「女生的營帳也亮起燈了。」隆彥叼著菸，指著。

我回頭一看，乳白色帳篷的確亮起燈，裡面有幾道人影隨手電筒燈光搖晃。

「這裡變成矢吹山舞廳了。」

「過去看看。」江神率先往前走。

五位女孩的城堡中散發些許慌亂氣氛，隨後美加「啊」地衝出帳篷。

「妳們還好吧？不會有人又哭了吧？」江神的口吻彷彿滿腔熱血的高中教師。

「是有個人在哭。peace，拜託你。」美加略略推高金屬框眼鏡。

「什麼？又是她？」peace——也就是隆彥——咋舌，朝帳篷內大吼，「龍子，妳出來！」

簡直就像來找人打架似的。

因爲騎士的迎接，拭淚的龍子羞澀地走出帳篷。雖然我也很想叫她不要只是一直哭，但也希望隆彥的態度能溫柔一點。

「妳這笨蛋，這種時候還在哭什麼？如果哭就能阻止火山不再噴發，那就盡量哭啊！」

「對不起……」可能因爲見到男友的臉而放心了，龍子破涕而笑，低聲說。

「龍子，安心一點了吧！peace，辛苦你了。」

隆彥似乎對美加很沒輒，撇下嘴角，瞪大了眼。

「大家都起來會比較好嗎？」

披了粉紅色菱織外套的理代也走出帳篷，問江神。可能是隆彥手電筒的關係，理代的臉色看起來很蒼白。

「再看看情形……對了，我想聽一下廣播。」

「說得也是。」美加斜睨隆彥一眼，要他快去拿來。

隆彥點頭，隨即跑回自己的帳篷拿我們唯一的電晶體收音機。

「今晚好像特別暗。」美加說。

「應該是有星星與月亮，但似乎被濃煙遮住了。」江神回答。

「想不到都已經決定明天一早下山了，卻又發生大噴發。」

「是不是大噴發還不確定，就算是，只要再撐四個小時到天亮就好了。」

「有點冷。」理代雙手拉攏菱織外套，走過來對我說。

「應該只是害怕吧！」

「也許吧……天一亮就下山，再忍耐也不會太久了。」

理代愈是表現得無所謂，而且愈想尋求附和，就表示她愈害怕吧？

隆彥將收音機貼在耳邊回來了，旁邊還有正樹。

「有什麼消息？」美加問。

「噓！」隆彥豎起食指。

帳篷裡又走出三個女孩；另一個社團、夏夫他們的營帳也有兩人走出來，小跑步朝這邊過來。

「看樣子大家都醒了，要不要叫望月和信長過來？」我問。

「麻煩你了。」江神回答。

眞是的，這種時候竟然還能繼續睡？這對搭檔會不會太悠哉了？我掀開帳篷，探頭進去，那兩人正像洗臉的貓咪似地揉著惺忪睡眼。

「啊，有栖。江神呢？」望月忍住呵欠問。

「從剛才開始又在晃了，加上又有地鳴，大家都醒來了，只剩你們兩個人還睡得鼾聲不斷。」

「什麼？會爆發嗎？」

「不知道。大家正在聽廣播。」

「信長，快起來。」

「嗯。」

這兩人無論做任何事都是一搭一唱的。如果因爲火山大爆發而到那個世界，兩人說不定會在三途川旁聚集衆鬼，說相聲給他們聽。（譯註：三途川，日本傳統信仰中，隔開人界與冥界的河川）現在，營地所有人都到齊了。面對令人悚然驚懼的轟隆聲，我們像膽小的小動物般偎在一起。

「還有五分鐘就一點了。」我說。

我們只知道自己目前在這座甦醒的火山——矢吹山——山腰，時間是八月二日凌晨零點五十五分。大家都希望能有人決定接下來該怎麼做。

「天還沒亮，我們沒辦法下山，只能合掌祈求山頂再安靜四個小時了。」司隆彥撫摸下巴說，滿臉的落腮鬍讓他看起來彷彿魯賓遜。

「天亮後呢？」龍子緊緊抓住隆彥的左腕問。

「應該只能逃進樹林裡了。」江神平靜地回答，「岩漿大概不會四處流竄，我們只要小心不被火山碎屑打到就行，能提供庇護的就只有那片樹林了。」

「啊！我們可以挖個洞躲起來！現在開始應該來得及。」織田舉手說。

「閣下自己來吧！」一旁交抱雙臂的望月從高處俯視織田說。

理代仍緊緊拉攏披在肩上的菱織外套，很冷似地瑟縮身體。我一點一點地移向她，終於靠近她身邊時，她卻對坐在自己腳邊的深澤琉美說：

「我們回帳篷吧！」

「好。」琉美說，扶著理代肩膀站起來，她在第一次噴發時被火山碎屑傷到的右腳似乎很痛。

「還是回帳篷睡覺比較好。」見坂夏夫這位白皙俊美的青年巧妙地掩飾了臉上的恐懼神色，「還是去睡吧！光是站在這裡也不能做什麼，而且天亮後還得自己開路下山，多休息才保持體力。」

眾人一致點頭同意。

回到帳篷，耳裡聽著大地的地鳴聲，竟奇妙地迅速陷入熟睡——

※

三點整。

一陣似是用力搖晃大腦的衝擊襲來，無夢的沉睡破碎。

一根支柱倒下，帳篷倒塌。

來了！

隆起的大地膿泡上，矢吹山發出野獸的叫聲。這是早已預見的事，沒什麼好驚駭，也沒什麼好恐懼的。只是，無論如何都得甩掉塌在身上的帳篷，否則眼前漆黑一片，什麼都看不見，而且得趕緊跑到樹林裡——我正在掙扎時，帳篷突然被掀開，彷彿被用力拉開的窗簾似的，抬頭，江神就站在我面前。

「快跑，有栖！」

我見到望月與織田奔向白樺林的悲慘可笑身影。

我沒想到要抬頭看山頂，只是拔腿跑向理代她們的帳篷——她們的帳篷果然也塌了

「有栖！」

理代扶著琉美，站在倒塌的帳篷前高聲喚我。她們的身影不住晃動。人影、樹影，不論什麼都在上下左右地搖晃。

「我立刻……」

正想說話時，我的雙腳踩空跌倒，臉頰先撞擊地面，太陽穴出現裂開似的劇痛，全身發抖，不禁有點失禁。左半身卡入地面的我不住呻吟，而地面沿著我的四周暴出許多如長條傷疤似的裂痕。

左眼睜不開，我以剩下的一隻眼睛看見了渲染山頂的熾紅火影。

——你在做什麼！要躺到什麼時候？不論用右腳或左腳，現在立刻站起來快跑。你得帶琉美與理代逃進樹林！你這白癡，還不趕快！什麼骨頭裂開？別開玩笑了。

我站了起來。好痛！痛又如何？痛與跑是不同的兩回事，你能跑的，就算流著鼻血也能跑……但是，我還是不喜歡鼻血像扭開的水龍頭似地流出來。

我踉蹌地前進。理代呢？我正在尋找的理代呢？粉紅色菱織外套在哪裡？

「理代！」

轟隆聲掩蓋了我的聲音，彷彿欲奪走我全身的力氣。喊著「有栖」的叫聲似乎來自不同方位，但我仍朝現在的方向一步步、慣性似地前進。若在此時轉向，我的雙腳一定會打結、立刻跌倒——喊著「有栖」的聲音更遠了。

眼前所見景色如鐘擺似地搖晃。一棵、兩棵、三棵，無數的樹，白樺林——不保證安全的虛假避難所。快逃進樹林！還有二十公尺左右！鼻血流入半開的口中，令人欲嘔。《嘔吐》。沙特。還有十五公尺。左、右、左、右，難以抗拒的力量，這就是所謂的暴力吧！還剩十公尺？還沒到嗎？

我踉踉蹌蹌地跑進了樹林。火山礫落在樹葉的聲音彷彿驟雨中的鐵皮屋頂似地，發出劈里啪啦的聲響。我緊緊靠坐在一棵樹的樹根處，急促地喘氣，兩手手背輪流擦拭從鼻孔流出的體液，左臉與側腹充滿熱辣感，一隻眼睛還是只能睜開一半，但這些過一段時間就會痊癒了，因爲至今還未曾有過不會消失的疼痛。

我緩慢地轉動身體，看向剛才自己逃來的方向。所有的帳篷全倒了，彷彿一片廢墟，那裡也不見任何人影，大家都平安逃進周遭的樹林了嗎——理代呢？我沒看到她，她也帶著琉美到安全的地方了嗎？嗯，應該沒錯，只是她們剛好逃進與我反方向的樹林吧！

很好，大家都有躲起來就好。

地球怒火中燒的聲音強烈震撼鼓膜，整座山不停地搖晃，某處傳來樹木倒下的聲音，另一處又有熟悉的女孩慘叫聲，還有，那是隆彥怒吼的聲音嗎？但是每個聲音都非常遙遠。

有人在我附近嗎？周遭沒什麼光線，我看不清楚，而且還有一種彷彿被塞進箱子用力搖晃的濃重無力感。我想大聲告訴大家我在這裡，但微弱的聲音就連我自己都聽不清楚。

或許已經完了，該有心理準備了！人在臨死之際，自己的一生會如跑馬燈似地展露眼前，現在就是這個時候了——第一景是小海線的柴油車廂內，江神、望月、織田的笑臉；等巴士時進去的咖啡店；在咖啡店邂逅的人；在巴士上邂逅的人；在營地邂逅的人；隱藏魔爪的平靜火山頂上方的湛藍；吹過綠蔭的微風；營火；奇妙的月夜；輪流負責炊事；第一次的爆發；持續發生的慘劇……死亡、殺人、理代。

理代在哪裡？我希望自己在生命結束時能與她在一起，就算無法握她的手，至少也想看看她。反正都要死了，就算這個留在世間的肉體會像玩具那樣壞掉、變得七零八落地也無所謂，我只希望能到她身邊。

「理代！」

我要去她所在的那片樹林。我走錯方向了，現在必須回到正確的方向才行。我的手沒有斷，雙腳也好好地連在身上，就算身體可能斷成兩截，我應該還能以雙臂往前爬行。

現在的我應該沒有受傷。但是才前進幾步，我就立刻跌落在地，只能以雙臂支撐身體，再也無法移動。我緊抓這片可憎的大地，指甲陷入土裡，既然如此，至少在這最後一刻，我也要努力讓腦海中充斥喜歡的人的臉龐。

即使如此，理代，是妳殺了他們嗎？

第一章　偵探遊戲之夜

1

「《Y的悲劇》。」織田立刻回答，接著往口中丟入一片口香糖。

「《Y的悲劇》？那是我想說的！き……《九英里的步行》。」望月接著。

「這不是短篇嗎？」

「只要是系列作品輯錄成冊的就可以，對吧，江神？」

「不用太吹毛求疵。」江神社長漠不關心似地望向車窗外掠過的高原，淡淡回答。

「那就是《九英里的步行》了。輪到你了，有栖。」

「る嗎？嗯，這次絕對贏定了。」我依序回想自己書架上的書，同時思忖，四個年輕人在火車車廂裡熱中於夢話似的應答，這在周遭乘客眼中會是怎樣的情景？「嗯……《俠盜與名偵探》。」

聰明的讀者們應該已經瞭解，我們正在玩推理小說書名接龍。

「哼，這傢伙，在《Y的悲劇》與《九英里的步行》後，居然接這種小格局的作品？這不是給小鬼看的書嗎？」

我正想反駁《俠盜與名偵探》不是只給青少年看的推理小說時，江神又說「不用太吹毛求疵。」但望月仍嘀咕：「而且，應該要譯爲《怪盜與名偵探》才對。」

——這位學長未免太固執了吧！

※

我叫有栖川有栖，京都私立英都大學法學院法律系一年級生。家父認爲名字就應該要讓別人容易記住，所以才幫我取這種罕見的名字。順便一提，家父的名字叫「一」，他一定覺得自己的名字最好記。

今年春天，我應屆考上了自己的志願，滿心雀躍地進入大學之門。

選課登記當天，是個京都御所的櫻花靜靜散落、風光明媚的日子。狹窄校園裡到處都是學生，想不碰到人而前進是件非常困難的事。一邊是生嫩的新生——其中也有在社會上身經百戰、事業有成後再度回到校園的人——另一邊是各個大大小小的社團派出拉攏社員的學長姊們。一眼望去，社團登記處的桌子兩側並列了形形色色的社團招牌，校園內雜亂地放置大大小小的道具，有跑車、遊艇、滑翔翼等等，角落有空手道社社員在劈磚瓦，話劇社在演出不知名的戲劇，摔角研究社的蒙面摔角手正在表演後空翻。

——怎麼搞的？這裡是萬國博覽會還是遊樂園？

我有點愣住了。但總算放下考試重擔的其他新生們似乎很喜歡這種活動。

「你是新生？」突然，我身旁伸來一隻手抓住我的上臂，「還沒決定加入什麼社團吧？學過西洋劍嗎？」

開玩笑！這和參加自衛隊不是只有五十步與一百步之別嗎？我當場推卻對方的好意。

「你好，我們是ＥＳＳ，你喜歡英語嗎？有興趣的話，請來我們這邊喝個茶，讓我們爲你介紹一下本社團。」

一位漂亮的學姐邀我喝茶，但我當然不會因此喪失理智。

「請看看這個。」

一本藍色手冊遞到我手上，上面印著「錯誤累累的選課」字樣，內容是「如果你希望多拿幾個『優』，如何選課是最重要的問題。大學不同於高中，有每天認眞上課、勤做筆記、定時繳交大報告，卻還是只給成績最好的幾個學生『優』的教授；也有考試當天，就算帶同學的筆記進考場，卻仍將『優』當紀念品送給學生的教授。雖然也有很多社團搬出桌子，提供選課建議，但他們的眞正目的只是爲了招募社員，然而，只有我們不同，我們才是眞的幫你選擇最佳的課程」，最後則印上了某文化社團的名稱。

實在太可怕了！

「……我們強烈抗議學校當局這種露骨的學商勾結……」

我走過戴安全帽的演說者前面，正要進入法學院的選課登記處時，卻又被攔住了。

「如果你想嘗試什麼，何不從拳擊開始？」

這人究竟有沒有看著人說話啊？而且，我可不想變得像你那樣。這麼思忖的同時，我也迅速閃至一旁，明白表示我的拒絕。

但這麼一閃，卻撞到人了，對方手上的書也掉到地上——是我的錯！

「對不起。」我低頭道歉時，發現地上那本書是中井英夫的《虛無的供物》。我拾起書，遞給對方，「你應該讀過很多遍了吧？」

對方露出潔白的牙齒笑了。那是個一頭及肩長髮有點自然鬈的男子，年紀比我大，很明顯地不是新生，如果剪短頭髮，看起來會很像副教授。

「已經是第七遍了吧？每年都會重讀一次。」

「我也讀過兩遍。」

「你喜歡中井英夫？」

「最喜歡了！」

「要參加我們社團嗎？」男子打開捲在腋下的紙張。

這真的是命運使然，海報上是——

招募社員。推理小說研究社。

登記入社後，那個人——江神二郎——帶我前往與校園隔著烏丸街的學生會館交誼廳。

「我們沒有社團辦公室，所以都在學生會館的交誼廳集合。今天正好大家都來了，一起碰個面吧！」江神促狹地笑道。

學生會館二樓的交誼廳裡有大約二十張桌子與木製長椅排成兩列。對舊生來說，現在雖然還是春假期間，但所有桌椅幾乎全被閒得發慌的社員與負責招募新生的社團幹部們占滿，有人拿著民謠吉他在調音，有的像在進行社刊編輯會議，每張桌子都爲了新生而放置寫上該社團名稱的牌子。

「在那邊。」

最內側、面向陽台的窗邊桌上有一個以拙劣字跡寫上「推理小說研究社」的牌子。社員合計兩名，確實全員到齊。這兩人正以極粗的麥克筆書寫海報。

「這麼快就招到一個社員了？」戴金框眼鏡、身材高瘦的一個男子一見到我們就說，並接著轉向另一個理著愼太郎頭——平頭——的矮胖男子說，「社長拚命貼海報總算有代價。」

他們讓我坐在硬長椅的一端，然後自我介紹，高瘦的是望月周平，矮胖的是織田光次。

「課選好了嗎？我們兩人可以給你一些經濟學院的選課建議。」望月收起麥克筆說。

爲什麼想給選課建議的人這麼多？

「不用了，我念法學院，而且也已經選完課了。」

「你家在哪？住宿舍嗎？」

「大阪。我打算通學。」

「你喜歡哪一個推理作家？讀過哪些作品？」

身家調查持續了好一會兒。我只知道這不是什麼奇怪或危險的社團，但有點無法想像社團活動會是什麼。從去年至今，只有三位社員的社團實際上就連要打麻將都湊不齊人吧！

「請問這個社團都做些什麼活動？」

我試著提出理所當然的問題，但望月與織田對望一眼，似乎有點不知該怎麼回答。

「這個……」望月似乎很難啓齒。

「有社刊嗎？」

「沒有。」江神替他回答，我正想接話時，他立刻又說，「你打算創作？」

我才剛知道這所大學有推理小說研究社，怎麼可能有什麼打算……

「你正好踩到我們社團的痛處。這裡只是聚集了一些不知自己想做什麼、又該做什麼的人。」

「江神，我今年想推出創刊號。」望月略帶不快地說，然後補充，「以便能連載你的長篇。」

江神是文學院哲學系四年級學生，加入推理小說研究社已經兩年了，似乎寫了一部可稱爲「夢幻長篇」的《紅死館殺人事件》，企圖以此超越小栗虫太郎與愛倫坡，字數雖然已經超過一千兩百張稿紙，卻仍披著神秘面紗繼續進行中。

「江神，你眞的有在創作嗎？我連一張都沒看過。」織田說。

社長只是微笑不語。

「把你的姓名、住址、電話寫在這裡。」望月翻開一本被稱爲社團名冊的活頁本，推到我面前。

「有栖川有栖？真的假的？」織田誇張地大表驚訝。

「你喜歡的《八十七分局》中不是有個叫梅爾・梅爾的警察嗎？」望月看向我說，「我很喜歡你的名字，非常特別。」

後來，寫好姓名、住址後，我就回家了。一開學，我便自然而然地走向學生會館。

爲了解開江神二郎這位人物之謎。

2

「ず？松本清張《隨筆黑手帖》。」江神接口。

「厲害！」望月雙手一拍，「但隨筆也算數嗎？」

以高原鐵道聞名的小海線列車正好經過JR線在高原上的最高點。在標示海拔最高點的石碑前有女孩們在拍攝紀念照，也有對著火車拍照的少年鐵道迷。

江神上了火車後，就一直以稍許冰冷的眼神望向車窗外，即使說話時，視線也未曾稍離，更沒有打盹。現在也是，他迎著窗外吹進的風，長髮飛揚，凝視進入眼簾又遠去的高原蔬菜田或民宿的紅色屋頂。列車駛下高原，在JR最高點的野邊山車站讓許多乘客上下車後，鐵軌的聲響也小了許多，柴油車廂輕快地駛往小諸。

十一點不到，火車已抵達小諸車站。我們在車站前的餐廳提早吃中餐。吃完飯後，距離開往矢吹山的巴士開車還有一個多小時。

「要去懷古園看看嗎？就在車站附近。」我提議。

七爺八爺說話了。

「我去過了。」

「帶這麼重的行李？」

好吧！我也去過了，而且也帶著超重的行李。我只是想再造訪一次土屋隆夫《影子的告發》的舞台。最後，我們決定去巴士站附近的咖啡店打發時間。

我們推開上面寫著「Soleil」字樣的沉重壓克力門走入。這是一家彷彿狹長走廊似的店。客人只有七位年輕男女。我們選了與他們隔一張桌子、靠門邊的位子坐下，點了冰咖啡，在咖啡送上前都莫名地沉默無語。江神與望月抽起了菸，織田伸手從雜誌架上拿了今天的早報，在桌上攤開，我以手帕擦拭額際的汗珠，隨意望向牆上的石版畫。畫中是巴黎蕭瑟冬季中的石板路。

『眞的很慘！根本就是壞掉的奶茶！』

『最先上桌的茶那麼好喝……算了，都是上個月在六本木喝了奇怪雞尾酒的報應。』

『夕子，那是怎麼回事？』

『啊，沒事。所以後來那傢伙請我去吃正式的尼泊爾料理時，我拒絕喝茶。』

——哄然大笑。

那邊兩張桌子的人群傳來歡樂的談笑聲。以四男三女的團體來說，是吵了些。他們旁邊的地上放置了大型登山背包與帳篷，從其穿著與裝備來看，他們應該也是要去露營，目的地或許也是矢吹山，而且似乎為了接下來的登山而樂不可支，相形之下，一直沉默無語的我們反而像前去修練的法師般晦暗。事實上，本推理小說研究社從來沒有女孩子加入。

「江神，不，社長。」望月開口，「今年秋天，一定要出版社刊創刊號。」

「加油，第一任總編輯。對了，評論方面你能寫嗎？」

被江神這麼一說，望月用力點點頭：「沒問題，交給我，我會拚盡全力，勝負就看這次了。要直接評論艾勒里．昆恩會有點囉唆，所以我要寫一篇〈誰的技巧〉，藉巴哈賦格的音樂多層性來隱喻昆恩『犯人是誰（whodunit）』的樣式美……」

「喂，別用難懂的字眼，沒人會看的。」

那是冷硬派推理迷織田絕不可能會看的題材。

「邪教徒不可能會懂的。我常常在想，高舉邏輯火炬的偵探引導讀者走向唯一兇手的純粹搜查眞的非常少，大概只有愛倫坡的《瑪莉．羅傑之謎》，以及昆恩早期的作品。」

在我們社團中，望月最喜歡討論推理作家。

「本格推理小說的英文雖然是puzzler，但那種隨意捏造的謎團（puzzle）有可能存在嗎？不論是范達因或阿嘉莎．克莉絲蒂，即使命題為『犯人是誰』，實際上又如何？他們筆下的每個人都有行兇動機與機會，最後卻一定是『兇手是A。他前往二樓寢室拿書時，走下通往露台的石階，從落地窗潛入書房殺死被害者後，再匆忙從石階回二樓，若無其事地回到樓下。』但是，沒有不在場證明的人不只有A，為什麼立刻就知道是A？我知道A前往二樓時有行兇機會，但B至別院時、C按玄關門鈴前，不也一樣有機會？為何鎖定是A上二樓的時候？我希望作者能就這一點稍作說明。」

「啊，煩死了！」織田揮動報紙發出沙沙聲，「如果這麼喜歡邏輯，你為什麼要翹經濟原理的課？為什麼物權法讀到一半就放棄？為什麼考試時放棄數學？昆恩的理論根本只是狗屁。」

「我瞭解望月的意思。」我打岔，「雖然是過度偏頗的趣味，但我很能理解。找出兇手的規定確實非常嚴格，不像密室殺人或推翻不在場證明之類的詭計，只要想得出來就可以完成一本書。」

「但就連范達因與克莉絲蒂都緊咬不放，本格推理迷未免也太苛了，沒人會讀那種東西吧？」織田說。

望月的表情轉為落寞。

「橫溝正史也說：『正因為各種花朵綻放，原野才充滿樂趣。』」我試圖改變話題，回頭望了一眼說，「對了，裡面那些人要去的地方或許與我們一樣喔！」

我的動作似乎變成暗號，後面頓時響起哄然笑聲。

「不過，信長。」信長當然是織田的暱稱，「真的會有人去爬矢吹山嗎？這地點雖然不錯，但能露營嗎？」

我們即將前往的矢吹山位於長野縣與群馬縣交界，屬於淺間山系，標高二千四百公尺，但露營區導覽上並沒有標示帳篷的符號。

「最好不要是太危險的地方，畢竟我們不是登山社團。」

「別怕，有栖，我念小學時，我叔叔就帶我去過，不用像探險隊那樣冒險。」

『是很荒涼的露營區。』

裡面座位傳來似是適時插入的聲音。不是加入我們的談話，應該是偶然話題一致。

『以前當童子軍時，我曾與其他團體以及家人一起去過，那時總共約有三十幾個各式各樣的帳棚，相當熱鬧。不過，這座山是休火山，十年前曾有小規模的噴發，此後就很少有人上山了。』

『爬這種山不要緊嗎？』

『放心，巴士可以通到山腳，雖然是載客到山腳下的溫泉。』

「信長，眞的是火山？」我壓低聲音問。

「十年前只是發出轟隆聲。猛烈爆發是兩百年前的事了，這座火山從那之後就停止活動，所以沒什麼好擔心的。而且，既然在這裡就碰上往同一座山的團體，搞不好上山後會因爲人數出乎意料的多而失望。」織田搖頭回答。

「至少比一片荒涼好多了。」

時間在閒聊之間流逝。

「出發了！」江神站起來。

七人團體也開始整理行李：『巴士應該已經到了。』

我們先行走出店外，在巴士站確認時刻表，他們也隨後跟來。

「你們也要去矢吹山？」剛剛說明山況的男人向我們搭訕。他這個夏天可能到海邊曬過太陽，健康的古銅色臉孔浮現和善的笑容，輕輕朝江神點頭，「請多多指教。」

「彼此彼此。你們從哪裡來的？」

「東京。我們是雄林大學的健行社，主要從事健行和郊遊。我叫北野。你們從關西來的？」

「京都英都大學。我們是文化性社團，所有社員一起出來玩。大家作個朋友吧！敝姓江神，這位是望月，還有織田、有栖。」

就在我們談話時，巴士緩緩抵達。我們扛了行李上車，接下來將在車上搖晃一個小時。感覺彷彿包下整輛車似的，車上除了我們，沒有其他乘客，女孩們一上車就拿出糕餅點心，並分給我們這某個文化性社團的四人。

北野勉一一介紹他們的成員：外貌粗獷、大嗓門的司隆彥；以參加司法特考爲目標、連來露營都隨身攜帶小六法的戶田文雄；剃光頭的理學院學生竹下正樹。北野與司是三年級，戶田與竹下是二年級，以上是男性陣容；至於女孩子則是個性無比開朗的菊地夕子，別說筷子了，就連牙籤掉在地上她也會覺得好笑；名字聽起來很勇猛、實際上卻膽小如鼠的嵐龍子；尖下巴顯示其堅強意志的晴海美加。美加三年級，夕子二年級，龍子則是一年級。

這個團體雖然多了我們幾個外來者，但彼此應該能相處愉快，營火晚會應該也能玩得盡興了。

司機發動引擎時，有個女孩揮動雙手往我們跑來，並叫道：「我們也要搭車，請等一下。」

「好像又有同伴了。」綽號 peace 的老菸槍隆彥說。

這女孩似乎是從剛到站的列車下來，她後面還有兩個人正穿越剪票口跑來。空手的她一踏上巴士，隨即以誇張的肢體動作對負責行李的兩人叫道：「快點、快點，巴士不會等太久的。」

背了沉重行李、氣喘吁吁的另外兩人也踉蹌地衝進巴士。

三人將背包放在空座椅上，氣息急促，略帶羞赧地向車內眾人道歉說：「對不起。」

「快坐下，要開車了。」司機提醒後，巴士往前開出。在車站前的廣場繞了半圈後，開始開往「今天早上也升起三道煙」的淺間山。

「妳們要去矢吹山露營？」等她們喘過一口氣後，北野勉問。

「是的。」方才跑在最前面攔住巴士的女孩微笑回答，露出了可以拍牙刷廣告的潔白牙齒。

「我是北野勉，後面是我們大學社團的社員……」喜歡介紹的北野勉介紹過自己的同伴後，連我們也一併介紹。

「從京都的英都大學來的？我們來自神戶的神南學院短期大學，是英文系的同學。我是山崎小百合，請多多指教。」

山崎小百合很漂亮，她低頭時，T恤胸前的金色十字架項鍊不停發光晃動。

「我是深澤琉美，你們好。」

甩著馬尾跑來的第二位女孩頭彎得異常地低，令我不禁差點趴到地上。

「我是姬原理代，請多多指教。」

她是一位長髮黑亮的女孩，點頭打過招呼後，她拂高覆住半邊臉的長髮，有氣無力地微笑。

「姬原理代？真像藝名！」隆彥調侃。

我覺得有點不高興，但也不知道自己爲什麼要爲此不高興。

「妳不要放在心上，姬原。我們裡面還有人是奇怪姓名的冠軍！哈哈！哇哈哈！」織田說。白癡！他一個人在傻笑什麼？我已經很久沒有因爲名字的話題而感到不愉快了。小時候雖然常因名字被嘲笑，最近卻因爲世上沒有第二個與我同名同姓的人而深感得意，爲什麼……

就這樣，巴士將演員們送上了舞台。

3

到達五合目的露營區舊址已是四點過後很久，該地標高大約二千公尺。雖然一開始靠巴士省下不少路程，卻仍是一次頗爲艱難的登山，一方面是背包很重，另一方面則是有險坡與搖晃的吊橋等難關，幸好最後大家都順利克服。

露營區是一塊約莫小學運動場大小的空曠土地，只有一間似是管理員室、已完全腐朽的鐵皮廢屋，能令人聯想起昔日擺放出租帳篷的興盛光景，如今卻一片靜寂，唯有鳥群婉轉鳴啼。

「完全不一樣了。」織田喃喃自語。

露營區中已搭起一頂橙色帳篷，在深綠背景的襯托下顯得相當鮮豔，看樣子已經有一組人先到了，但帳篷內好像沒有什麼動靜。

「好像沒人。」

我們好奇地看向帳篷四周，同樣沒看到人影。

「應該很快就會回來了。」北野勉卸下肩上的行李說，「先搞好自己的睡窩比較重要。」

我們開始動手搭帳篷，由於彼此靠在一起很無趣，所以各個帳篷之間都保持適當距離。北野他們四個大男生、美加她們三個女孩子、小百合她們三人，以及我們推理小說研究社四人的城堡，均以這個搭好的帳篷爲中心，衛星似地座落在四周。對方回來後，或許會認爲自己的領域被侵略了。

動作熟練的北野他們率先搭好帳篷，緊接著幫小百合她們紮營。我們也順利搭好老舊的帳篷，鬆了口氣地坐在草地上。不論是帳篷或望月很欣賞並搶著戴的窄邊呢帽，都是織田的叔父留下的古董。

最後，當小百合她們的帳篷也告完工時，白樺林中出現了三個男人。他們似乎與我們同是利用暑假來露營的大學生，見到露營區的變化，彷彿從龍宮歸來的浦島太郎似地目瞪口呆。

「大家好。」擔任我們這邊司儀的北野勉立刻殷勤打招呼，介紹衆人。

雖然要介紹的人數大增，他仍將十四個人的臉孔與姓名正確地連在一起，還有各自念的大學、所屬社團也是。

「原來如此！」對方之中一位鼻下蓄著漂亮鬍髭的人感嘆說，「我是一色尙三，他們是我同一研究小組的大學同學。我們也是雄林大學的學生。」

「雄林大學？」菊地夕子驚訝地提高聲調，「眞是太了不起的偶然！」

「學校太大也很麻煩。我念商學院，勉這傢伙念經濟學院三年級，你們呢？」隆彥笑道。

「法律。不認識也沒什麼好奇怪的。」

「學校太大了！」隆彥重複說。

「也讓我替你們介紹。」尚三首先介紹身旁的白皙美男子，「這位是見坂夏夫。」

「請多多指教。」

見坂夏夫的聲音像配音員一樣清澈好聽。另一個人叫年野武。與開朗的夏夫相比，他給人的第一印象是陰沉。他輪廓深邃的臉上帶了一層憂鬱的陰影，默默向眾人點頭致意。

「我們搭從小諸開出的第一班巴士，過中午後才到，搭好帳篷休息一會兒後，就去四周繞繞，回來一看，卻發現露營區變了個樣，嚇了一大跳！我家在高島平社區，感覺上就像喝醉回家時卻迷迷糊糊闖進隔壁棟住宅一樣。

「待會兒你們也可以到附近看看，相當有意思！有早期留下來的觀景台，也有迷宮似的樹林，往下走大約五十公尺有一條清澈的小溪，同時，樹林中通風良好的地方還有架設吊床。」

尚三這個人一旦冷靜下來，立刻變得滔滔不絕，鬍鬚下方不停蠕動的嘴唇吸引了我的視線。

「啊，原來如此。」這次，輪到北野勉說出同樣的話。

「我們預定住三個晚上，你們呢？」

「我們打算來看過再決定。」北野聳聳肩說，「雖然準備了四天的糧食……」

「我倒是從剛才就很想回東京了。」隆彥從旁打岔。

「我們打算過兩個晚上。剛才一發現這裡實在太過荒涼，本來要立刻回去的，但現在又覺得似乎沒必要擔心了。」小百合回答。

我們也打算過兩夜，而且昨天已經在織田住松本的叔父家住了一個晚上。

「同一天裡認識了這麼多人也是一種緣分，一起過個快樂的暑假吧！」北野得意地做了總結。

「我開始期待了，似乎能留下美好的回憶！」

夕子這些女孩們開始興奮了。

這趟來對了。辛苦打工賺旅費的日子在腦海裡甦醒了。江神參與奈良的古墓挖掘；織田去當道路工程的工人，整天揮動圓鍬與鶴嘴鋤；望月兼了五份補習班老師與家教，還指導函授課程，全都靠他引以爲傲的頭腦賺錢；我則是白天洗盤子，在搬家公司當助手，晚上去便當店盛飯菜，並到百貨公司當擺飾員、搬假人模特兒，什麼都做。雖然發生了一些難得的意外，我還是覺得「這趟來對了」。

「十七個人……要一一記下名字很難，最好在帳篷上標示清楚。」見坂夏夫說。

「咦？那是什麼？」琉美伸手指向某個東西。

循著她白皙指尖的方向望去，是我們的帳篷。她發現了我們的眞實身分。是織田昨天以麥克筆在帳篷上寫的大字。

EMC　英都大學推理小說研究社

被發現了嗎？

4

休息一下後，立刻得準備晚飯了。我很期待這次的野炊，畢竟這是我有生以來的初體驗。

進入樹林，往下走約五十公尺的崎嶇山路後就是寬約一公尺的小溪，它是由上方湧出的幾條清泉匯成的溪流。我以雙掌掬水啜飲，喉嚨一陣清甜，全身像被洗滌過似地舒暢，用這水應該能煮出很好吃的飯。

但到了眞正動手時，我卻在飯鍋裡摻入沙子，望月三番兩次踢翻架鍋的石頭，意外頻傳，連溫和的江神都忍不住勃然大怒。但是，煮好後的晚餐卻相當好吃，與其他三組人交換試吃時，還受到相當的好評。我們第一天的晚飯是澆上罐頭食物的咖哩飯。

「比學校供應的咖哩飯好吃多了。」

「是好吃一點。」

平常每天有一餐是咖哩飯的經濟學院搭檔討論心得。

漫長夏日逐漸轉爲昏黃，晚霞籠罩了聚集十七位年輕人、重新甦醒的露營區。豐盛的晚餐是再怎麼高級餐廳的料理也比不上的，而美麗的夕陽似是表示大自然已敞開心胸歡迎我們的到訪。

「來這兒很不錯吧？」

「是呀！織田老闆。」

上一次感到這麼快樂是何時的事？暑假與最喜歡的祖父母去鄉下的火車上？放學後與單戀的女孩一起製作畢業紀念冊的教室裡？領到零用錢後，抱著買來的《福爾摩斯》或《少年偵探團》小跑步回家的路上？感覺上，似乎得追溯到好遠以前。

江神瞇起眼，目送逐漸西沉的夕陽。正覺得他是個美男子時，他卻伸舌舔去沾上嘴角的咖哩。七點半，周遭差不多也整個暗下來了。營火晚會預定九點舉行，但尚三他們建議可以開始慢慢準備，全員一致通過。

「山上有很多適合當柴薪的樹枝、木柴，住持已經去拿了。」一色尚三說。

「誰是住持？」菊地夕子問。

「見坂夏夫。他家是神社，所以有這個綽號。」

「原來如此。我們這邊的竹下正樹綽號『博士』。他讀理學院，你們不覺得他或許會在家裡製造科學怪人嗎？」

一旁聽著的我忍不住微笑。被當成瘋狂學者雖然可憐，但博士這種樸實的綽號很有意思，看樣子，學數學的人從臉上就可以知道了。

「隆彥因爲是老菸槍，所以被稱爲『peace』吧！」尚三也笑了，「還有什麼有趣的綽號嗎？」

「北野的名字是勉，大家都叫他 Ben。另外，你們可能也注意到了，戶田連上山露營都帶著小六法，是個非常認眞的法學院學生，所以大家都半開玩笑地叫他『律師』。」（譯註：勉的日文發音有 tutomu 與 ben 兩種讀法，北野勉的名字讀法是前者）

「如何？」隆彥嘴裡咬著冒煙的小木棒說，「住持、博士、律師都到齊了，不簡單吧！而且，如果有必要，連偵探都有——對了，你們的稱呼也很有趣，『信長』應該是指織田吧？」

「沒錯，他很容易被影響，所以已經講得一口流利的關西腔，但他本來是尾張名古屋人，很難想像他會是織田信長的後代。」

「信長、望月和有栖，那江神呢？他的綽號是什麼？教授嗎？」

「是長老吧？」尚三說。

「哇，你們眞狠！」夕子說完大笑出聲。

此時，被談及的江神與住持——也就是夏夫——雙手抱滿枯枝一起回來了。

「喂！上面到處都有枯樹枝，再三個男的上去搬一趟應該就夠了。」夏夫說。

「辛苦了，大力士住持。」夕子開口。

夏夫有一瞬間一頭霧水，愣在原地。

「還要三個男人的話，我們走吧！」隆彥說。

我與年野武跟在隆彥身後。江神與夏夫將枯枝放在腳邊，再度折回已漆黑的樹林。

我們抱著木柴回到露營區時，所有人已聚集在廣場中央。尚三與北野帶頭指揮大家準備營火。兩人以前都曾當過童子軍。

「啊，木柴來了。」尚三回頭，「請拿過來這邊。」

女孩們在一旁鼓譟地觀看男人們工作。我的背部強烈感受到其中一人的視線。

「好，把它搭成三角形。先放入小樹枝，像這種大的等火旺一點後再慢慢放進去。那個放到這邊來。」北野一副駕輕就熟的樣子，我們完全依言行動。

「ＯＫ！」年野滿意地劃亮「soleil」的火柴，丟進三角形的柴堆中。

年野他們應該也是一大早在小諸車站前的那家咖啡店消磨時間，等待巴士吧！

由於沒淋上油，火一直升不起來。戶田文雄律師與竹下正樹博士也拿出火柴劃亮，丟入柴堆。

「很快就會燒得旺盛的。」尙三說著，將一顆松果丟入火中。

沒多久，柴堆中傳出枯枝燃燒的劈啪聲，冒出橙色火焰。

「哇！」四周不期然地響起掌聲。

我也覺得這個場面令人非常感動，或許這是因爲人類自遠古以來對火的敬畏之心吧！

「好漂亮！」在我身邊的理代低聲說，她那被火光染成橙色的側臉看起來似乎在發呆。

——好美！

「開始了！」突然間，尙三大聲吆喝，嚇了我一大跳，「大家圍成一圈！」

爲了避免各團體的成員坐在一起，我們彼此分散就坐，我的右邊是正樹，理代坐在我的左邊，不，應該說，我坐在她的右邊才正確——我已清楚地明白自己體內產生的變化。

我看向其他人，我們推研社的社員也是各自分散至圓圈中，因爲還加入了六名女孩子，感覺上整個圓圈相當多采多姿。

「peace 和龍子，你們犯規，請分開。」晴海美加像女史官似地大聲斥責。

被她這麼一說，隆彥苦笑地向旁邊移了三個位置。

「司與龍子的感情很好。」正樹自言自語似地說。

正樹說話時正好面向我，應該是在對我說明方才的狀況吧！

「原來如此，眞令人羨慕！我們社團全是男生，如果社裡出現戀情，問題就嚴重了。」

「但是推理小說研究社應該很有趣吧？」理代插話，「這種社團應該會有很多女孩子喜歡。」

「就算沒參加這種社團，也一樣能看阿嘉莎·克莉絲蒂或其他任何人的小說，所以並沒有太多人想入社——妳有在看推理小說嗎？」我問。

「沒有。」她不給面子地回答。

怎麼，原來剛才的話只是社交辭令。

「我喜歡艾勒里·昆恩，常讀他的作品，像《荷蘭鞋子的秘密》就非常不錯。」另一邊的正樹說出意外之語。

看樣子，昆恩的疑似邏輯似乎能刺激理學院學生的大腦額葉？但是——雖然很沒禮貌——我並不想知道你的興趣。

「你待會兒可以告訴望月，他一定會很高興，因爲他是艾勒里·昆恩的狂熱信徒。」

「如果你能告訴我一些有趣的書，我可以找來看看。」理代不好意思地說。

「我想想看。」我頷首道。雖然只是很小的事，我與她之間卻有了一項約定，這讓我覺得非常高興。

童子軍出身的勉與尚三分別擔任主持人與司儀，趁每個人自我介紹時問了一些問題，高明地挑出大家都會唱的歌，令今天第一次見面的四個團體融洽地相處。我與夏夫、正樹擔任司火，不只是單純地不令營火熄滅，還要配合現場氣氛適度調整火勢的強弱。

我們的歌聲傳至遙遠夜空的星星上，開始有一、兩人倦於遊戲與聊天，頻頻看錶，我這才發現時間已將近十一點了。

柴薪已快用罄，困倦的呵欠也引發連鎖反應，每人臉上都浮現「差不多該結束了吧」的神情，我自己也精疲力竭了。

「今夜就到此爲止吧？一方面旅途勞累，另一方面，明、後天都還能進行營火晚會。」正樹說出衆人的心聲，做出決定性的發言，而且數理系的人都不擅長熬夜。

「也是，就這麼辦吧！」

站在圈中玩得最瘋的望月與織田均表同感，所有人皆因此鬆了一口氣似地站起來。

「大家明天有什麼活動？」尚三似是突然想起地說，「我們想爬到火山口看看……」

「哇，我也想去！但是爬得上去嗎？好像很高。」夕子說。

「別擔心，我念小學時就上去看過了，只是爬上去大概要花兩個小時左右。那裡的景色既壯觀又具震撼力，很值得一看。」

因爲勉的話，大夥兒決定上午出發，並在山頂吃午餐，行程決定後便分別解散。

「明天見。」

「今天好快樂。」

「晚安。」

「大家晚安。」

每個人臉上雖然都有明顯的疲憊，卻也都充滿幸福感，我相信，即使他們鑽進睡袋後，也會因為一整天的興奮而久久不能入睡。

「晚安。」理代的聲音突然在我耳邊響起。

「晚安，明天見。」我一時之間沒有心理準備，只能硬扯嘴角，露出扭曲的笑容。

理代露出與剛剛一樣的潔白牙齒，轉身走回自己的帳篷。

我一直目送她的背影，直到她消失在帳篷內，才走向自己的帳篷。

5

翌晨醒來已是六點過後。雖然睡不到六個小時，卻因為睡得很沉，醒來時心情相當舒暢，並很快想起自己人在山上。三位學長還一臉無辜地沉睡，我拿了盥洗用具走出帳篷，外面充滿早起鳥兒的婉轉啼聲，在冰涼空氣包圍下，我打了個哆嗦。

其他帳篷仍一片靜寂，或許是心理因素，我似乎還能聽到些許鼾聲。我仰望背向朝陽的矢吹山山頂，見到逆光中的壯觀紫色山稜，黃金色的雲層籠罩了山頂。

「早！」文雄頻頻扭動肩頸，走出帳篷。

「早。」

「心情眞好！好像出生在另一個世界。」認眞的法學院學生說。

「是呀！」不認眞的法學院學生回答。

「昨夜睡得好嗎？」

「營火的餘熱讓我有段時間一直睡不著。」我那時在想些什麼呢？「不過實在是太累了，後來不知不覺就睡著了。睡得眞爽快！」

「我也差不多。」

我們進入白樺林，走在通往小溪的小徑上。這條小徑相當難走，陽光也都被茂密的樹葉遮擋，光線昏暗，我有兩、三次差點摔倒。除了自己的腳步聲外，還能聽見樹葉的婆娑聲與人聲。

繼續往下走才發現人聲是來自年野武與山崎小百合兩人。早到一步的他們彷彿戀人似地享受兩人世界，低聲談話，令我頗爲意外。

「啊！」文雄輕聲驚呼，然後大聲道，「喂！早安！」

兩人似乎被他突如其來的聲音嚇一跳，年野武向前踉蹌，差點就要掉進溪裡。

「是誰——原來是律師和有栖。早安。不過，別這樣嚇人好不好？」年野嘴裡含著牙刷抗議。

「眞是不好意思，打擾到你們了。我們也想刷牙，可以嗎？」

「哦，請便，盡、量、刷。」

文雄似乎對這樣揶揄別人感到很愉快。但年野一臉不在乎地繼續刷牙，小百合則似是發生了某件好事，掩飾性地笑了笑——年野武，你還眞厲害！

「啊！各位早。沒關係，繼續做自己的事。」

北野搔抓只有前額頭髮燙鬈的金田一耕助似的髮型走來，然後是抽著起床後第一支菸的隆彥，接下來是說話聲擾動清晨空氣的夕子、龍子與美加三人，再來是江神、望月與織田，最後是吹了一流口哨的尙三。聚集了這麼多人，溪邊再度重現昨夜營火晚會時的熱鬧。

「早安。」理代與琉美也一起來了。

理代沐浴在朝陽下的黑髮閃閃發亮，令我感到一陣彷彿剛被露水洗滌過似的清新。

是啊！我都忘了，這的確是一個重獲新生的早上，是我認識到她這樣美麗的人後，首度迎接的早晨。我有種彷彿作了一場特別的夢的錯覺，自己胸中的騷動不是沒有理由的——我咬著牙刷，發出奇怪的聲音。

「有栖，你起得眞早！」

「我自己也覺得很不可思議。」當我的視線追著理代時，織田與望月正好向我搭話，我適時地回答他們，視線仍未稍移，「來到這種地方，很自然地就早起了，平時大概會睡個十小時或十二個小時吧！」

理代單膝跪在溪邊洗臉，口中還叫著「好冰」。

我感到有人的視線盯著我的側臉，一轉頭，發現江神迅速低下頭——這種感覺眞不好。如果只是被發現自己呆呆地盯著女孩子看還沒什麼，但身爲發現者的江神心虛似地移開視線是怎麼回事？該不好意思的人是我吧？

夏夫也來了。

「哇！這麼多人都到了，看樣子是我睡晚了。」夏夫說。

「你的確是睡晚了，說到這個，博士呢？」望月接腔。

「那傢伙早就洗好臉回去了。」隆彥說。

數理系的人通常都很早起。

我們刷過牙後又在溪邊晃了一會兒，然後才回到我們的村落。

「全都一起回來了？早安。」正樹出來迎接我們。明明是清爽的早晨，他的眼眸卻透出很不協調的茫然神色。

接下來必須準備傷腦筋的早餐了。雖然這是野外生活的樂趣之一，但想到一早開始就要引發一場會令江神發狂的戰爭，不禁覺得有些鬱悶。

「各位，我們來輪流煮飯吧！」想到好點子的夕子突然提議。

大家都覺得這樣應該很有意思，紛紛表示同意，總共十七人的四個團體立刻融爲一個共同體。

「該怎麼分配呢？」尙三曲指算道，「我們總共是十七個人，如果一餐由四個人負責……這樣有一組會有五個人，不過，還是分四組好了，每組負責一餐，從今天早餐到明天早餐，總共四餐。好，就這樣決定了。要抽籤嗎？」

「我來寫籤單。」琉美拿出記事本，迅速寫好籤單。我們依順序抽籤，琉美拿最後一張，然後發表結果，「第一天，也就是今天的早餐，是我、勉、夏夫和博士，午餐是……武、文雄律師、莎莉與龍子。」

「莎莉是誰？」我問。

「小百合啊！她的名字簡稱爲莎莉，琉美則叫露娜。」（譯註：小百合的日文讀爲 sayuri，取前後兩個音節則成 sari）

「露娜……爲什麼？」

「因爲腦筋壞掉了。」琉美笑道。

是出自 lunatic（瘋狂的）這個單字嗎？但她看起來很正常啊！

「抱歉。」織田打岔，「今天午餐不是要在山頂吃便當嗎？那等一下就由露娜剛才說的八個人一起做早、午兩餐如何？」

「也對，就這麼辦好了。」琉美贊同，接著又宣布，「接下來，今天晚餐是……」

當她唸出負責明天早餐的人是我與理代時，我暗暗高興地頷首，但緊接著出現的江神、望月與織田的名字卻令我愣了愣。爲什麼推研社的四個人會集中在一組？絕對是籤沒洗乾淨！對武與小百合而言，與文雄這個壞事者同一組雖然可憐，但我的遭遇更悲慘。

※

開始攻頂是上午九點。前鋒是勉與隆彥，然後是腳力較好的一群，正中間是莎莉、琉美、理代三人以及尚三他們，然後才是我們推研社，江神押後。這段山路爬得不怎麼辛苦，我們不斷停下休息，悠閒地享受森林浴，肺裡充滿芬多精，並一路欣賞石楠花與龍膽花之類的可愛花朵。走在相當前面的前鋒不時揮舞藍綠色的登山旗，望月則揮動頭上插著羽毛的窄邊呢帽回應。愈接近山頂，地面逐漸以岩石爲主，路也愈來愈難走。火山口雖然沒有冒煙，也沒有硫磺的臭氣，但一想到要與火山口近距離接觸，還是有點緊張。

「喂——」

前方的大旗揮舞。看樣子前鋒已經到達山頂了。我們加快步伐跟上。

十一點半，我們成功征服山頂。向東能望見淺間山的全貌，景色非常壯觀，山雀發出吱喳叫聲掠過高空，似乎在岩縫中築巢。

火山口在我們腳下張開大口，有如一個直徑約兩百公尺的巨大碗缽，很深的底部是粗糙砂地，當然，完全沒有滾滾岩漿，但四周的黑色岩石很明顯就是熔岩地質，其間錯落隨風搖曳、鬍鬚似的雜草。大家站立在遺跡前，沉默地俯瞰底下的大洞。

「可以安心了。這座山會一直沉睡。」夏夫打破沉默，「我們吃午飯吧！」

每個人都拿到了便當，開朗地用餐。我斜眼瞥過親暱交談的武與小百合，身邊的望月與正樹開口找我聊天。

「有栖，聽博士說，你相當熟悉艾勒里後期的作品？」

「嗯，艾勒里·昆恩本來就是李與丹奈合作的筆名，他們合寫的前期、中期和後期……」我連自己在說什麼都不知道。

我的瑪丹娜被尚三、琉美與夏夫圍住，因他們的笑話而捧腹大笑。織田與勉他們愉快地聊著摩托車的話題，江神則是默默地注視火山口，吃著便當。

※

回到我們打造的村莊時還不到下午兩點。眾人四散在大自然中悠閒地享受假日。

尚三、夏夫、理代、琉美加上三位健行社的女社員在樹蔭下玩撲克牌；勉與隆彥略帶輕蔑地望向他們，轉而邀江神、望月與織田爬山賞鳥；正樹因睡眠不足而鑽進帳篷補眠；文雄在吊床上悠閒地研讀法律；武與小百合到樹林中散步，在觀景台營造兩人獨處的時間。

我無法加入理代他們的牌局，也無處可去，又看到武與小百合兩人，心中又妒又羨，只想找個可以獨處的地方，好好分析在心中萌生的是什麼東西。

我走入白色的樹林。

6

隆彥、夕子、尚三、美加四人正努力地準備晚餐，其他人向他們打過招呼後，穿過樹林至觀景台欣賞黃昏美景。夕陽仍與昨日同樣美麗，越過腐朽的觀景台柵欄往下看，下方是一片長了偃松的陡峭斜坡。

「我們決定變更行程，再住兩個晚上。」莎莉高興地說。

「好啊！這樣最好了，我們也還想多住幾天。妳們的糧食應該夠吧？」勉問。

「沒問題。」小百合頷首回答，轉頭看我們，「望月你們呢？」

「對了，你們之前說過要住三天兩夜，這樣今晚就是最後一夜了。」武說。

是嗎？三天兩夜，這表示明天就得離開這裡了吧？但是我不想！就算只剩我一個人，我也想留下來。如果莎莉沒說要多留幾天，就算明天離開，我也不在意，因爲這樣就能與理代她們一起下山了……

「說得也是，千里迢迢地來到這裡，今晚就是最後一晚了。」望月俯視織田。

「能好好放鬆的日子只剩今天了。」織田抬頭回看望月。

然後，兩人的視線緩緩移到我身上。

「我不要！」我開口表示自己決心，「我們爲什麼流那麼多汗水打工？多留一天或兩天不都一樣？我們又不是沒多餘的糧食。而且，再考慮到來這裡的交通費用，明天回去根本就像個笨蛋。」

「你這大阪人還眞理直氣壯，待會兒自己對社長說吧！」織田一臉滿意地說。

「對啊！有栖，你要努力地說服江神。」

理代這句話讓我覺得自己獲得一百個人的力量。

村裡已準備好晚飯——冒著熱氣的白米飯，加入海帶芽與高麗菜的味噌湯，還有以撿來的樹枝插起的醃豬肉與香腸。

「白飯很多，大家就盡量塡飽肚子吧！」擔任炊事組長的夕子說。

大家雙手合十，一起說了聲「開動」，紛紛享用起晚餐。雖然擔任執行委員的尙三說今晚也要辦個熱鬧的營火晚會，但晚餐後要開始準備時，天空卻突然下起了雨，將柴薪淋得溼透後便立刻停了。大家覺得即使沒有營火也沒關係，仍與昨夜一樣，在相同地方圍坐成一圈，又因爲沒有營火，尙三答應衆人可以喝點酒，以溪水將罐裝啤酒冰鎭後撈起。

「那我們來乾杯吧！不過，我想請長老級的江神來領頭。」勉說。

「在這之前——」江神慢條斯理地站起來，咳了幾聲後說，「剛剛我們四人商量過，決定也多留一個晚上，請大家多多指教。」

四周響起掌聲，還夾雜了幾聲口哨與夕子大叫「好耶」的聲音——要說服江神其實非常容易。

「那麼，就由我冒昧地帶領大家一起乾杯了。」衆人紛紛拿起手上的啤酒罐或杯子，周遭一片安靜。江神似乎正思索要爲何種理由乾杯，片刻後，終於高舉啤酒罐，「爲今晚的月亮——選得眞好！今晚的星空正高掛明亮的滿月。

「乾杯！」

「乾杯！」

我走向理代，並與經過的每個人乾杯，終於走到她身邊。

「乾杯——對了！有栖，江神應該也是月人一族吧！」

「月人？」

「你不是對琉美的綽號爲什麼是露娜而覺得奇怪嗎？因爲琉美是月人，所以才有這種綽號。」

理代的臉因啤酒的澀味而皺起。

「我沒聽過什麼月人。」

「月亮上的居民，也就是月亮的小孩——她被月亮附身了。今夜或許會有什麼奇妙舉動，你別放在心上。」

「該不會全身長滿毛吧？」

「她曾說，太強的陽光會令她無法忍受，即使是嚴冬的太陽也一樣。」理代一臉嚴肅地搖頭。

「我也算夜貓族，我能理解。是不是當月光照向窗邊時，心中會感到一股平靜？」

「你錯了。月光不會解放人類的心靈，而是束縛！我相信人會受到月光的驅使而發狂。」

「這是古老的迷信嗎？」

「琉美對我說過很多事，譬如，在月圓之夜——或正好相反的新月之夜——殺人、自殺與交通事故會比平常多；精神醫院的病房出現騷動；此時出生的嬰兒很多；流血事件會增加。」

「眞的嗎？」

「地球上的生命會應和著月亮的韻律；就像海水會因月球引力而有漲退潮一樣，人類體內的水也受月亮操控——生命由海水孕育而出，而這片海水因月亮的韻律而活動，因此所有生命均與月亮的韻律共存。這是月亮的韻律與生命的三段論法。」

我啞口無言。我是推理迷，對神秘主義也有興趣，也喜歡聊這方面的話題，但是並沒有太過入迷，因爲我知道那是不能過度深入的領域。

「妳說今晚露娜會做什麼？」

「沒什麼，你不用害怕，她頂多做做月光浴，或與月亮說話。」

「月光浴？原來如此，內田百閒也寫過這類經驗。」（譯註：內田百閒，1889-1971，日本的散文家，小說家）

「琉美的皮膚會那麼細緻白晳就是因爲經常沐浴在月光下。陽光會將人曬黑，月光卻會將人曬白。」

「眞是有趣的說法。」

「她知道露營期間會碰上滿月後，一直很高興地談論月亮。她很可能會躺在草地上藉著月光閱讀拉弗格或稻垣足穗的書吧！」

我四處尋找琉美的身影，發現她與江神一起抬頭看月亮。江神似乎也是喜歡月亮更甚於太陽的人，兩人聊得非常融洽。我還聽到琉美說「今晚是滿月前夕，月亮在明晚十二點二十六分月圓」。

大家分散各處，似乎都很愉快。勉、夕子、正樹、小百合四人正在討論人生觀與戀愛論，尙三與隆彥意氣相投，彷佛認識了十多年的知己似地並肩而坐，紅著臉互相勸酒，其他人則聚在一起，並不時響起歡呼聲，原來是武向勉借了素描簿，正在畫大家的肖像畫。

「太過分了！這是什麼！我可不是電視上的那種老處女！」美加抗議。

四周的人大笑出聲。

「接下來畫我。」織田自願當模特兒。

在武揮動炭筆時，竊笑聲仍不時響起。

「武本來想去念美術大學的。」

夏夫語畢，畫家年野隨即點頭接腔。

「我現在還是沒放棄繪畫，但我對色彩的感覺異常，所以就死心沒去念了——好！完成了。」

「哇！我看不下去了！」織田別過臉去。

「太厲害了！你完全畫出了他那張跟不上潮流的長相！簡直就像從昭和三十年代日活電影公司的無國籍動作片裡剪下來的。」望月哄笑出聲。

「囉唆！好，這次換你這個三流補習班的爛講師。」

「請你手下留情。」望月被織田硬拉至武面前坐下。

勉他們四人似乎覺得很有趣，也加入了他們。我與理代也探頭看去。沒多久，一張酷似望月、一臉嚴肅的肖像畫便完成了。眾人又是一陣哄笑。

「莎莉的項鍊好漂亮！」笑聲停歇後，龍子略帶顧慮地說，「妳是天主教徒？」

「是啊！」小百合抬手伸向胸前的十字架，「我爸媽都是天主教徒，所以我一出生就受洗了，並一直將這個十字架戴在身上。小時候還常被男生們欺負，說要把我釘在十字架上。」

「還有，你們看這只戒指。」理代輕按小百合拿著十字架的右手，「除了十字架以外，這個戒指也是莎莉一直戴在身上的東西，是她在美國的阿姨送的，很漂亮吧！」

「什麼？我要看！」夕子拉過小百合的手，湊近端詳她無名指上的戒指，立刻驚嘆出聲。

美加與龍子也紛紛湊上前。

「白金戒環加上黑蝶貝上的天使浮雕，真的很美！」理代興奮地解說，彷彿這只戒指就戴在自己的手指似的。

我從女孩們之間的縫隙看去——的確很別緻。

「這應該很貴吧？」美加看向小百合，「妳竟然還戴到山裡來，真的從不離身嗎？」

「是呀！這是我的高中畢業禮物。這不是花大錢買來的，似乎是我阿姨手上戴的戒指，而且她要我永遠戴在手上，別只是放進珠寶箱，所以我不論什麼時候都戴著它。」

「原來如此，可是真的很漂亮，好羨慕喔！」夕子偷覷小百合說，「我可以戴戴看嗎？只要一下子就好。」

小百合大方地頷首，拔下戒指遞給她。夕子高興地戴上，就著月光從各種角度欣賞這只戒指，並再次嘆息出聲。美加與龍子也向小百合要求，輪流試戴。

事情進行到這裡還好，問題就在稍後尚三實在不該說他也想試戴。

尚三將這只重要的戒指用力套上自己右手無名指——這只戒指對女孩子來說有點大，最糟的是他的手指偏偏又太瘦了些，最後竟順利戴上。他微笑地稱讚好看，打算脫下戒指還小百合時，卻皺起了眉頭。

「該不會是拔不下來吧？」織田的口氣悠哉，似是企圖煽起尚三的焦慮。

尚三頻頻說「等一下」，同時用力拔戒指，但戒指怎樣也過不了第二個指節。

「喂！不會吧！」夕子高聲叫道，「這麼重要的戒指可不是說句『對不起，我脫不下來，賣給我好嗎』就能算了的！你打算怎麼辦？」

「等等，我很快就能拔下來。」尚三忍痛用力拔，卻還是失敗了，他困惑地不斷喃喃，「怎麼辦？怎麼辦……」

「你不必放在心上。」小百合微笑要他放心，「過一會兒一定可以拔下來的，而且，如果怎麼都拔不下來，下山後找專家幫忙就可以了。」

「但那些專家不會把戒指切斷嗎？我家附近的鄰居就發生過這種事，消防隊員來了以後，那位太太便哭哭啼啼地說『請把它切斷』，結果消防隊員眞的切斷了戒指。」

「喂！夕子，妳別說些有的沒的！」尚三一臉難堪，「對不起，我不該做這種無聊事的。如果眞的拔不下來，就算切斷手指，我也會還給妳。」

小百合不知是否對尚三極度慌亂的態度感到不自在，只是一直叫他別放在心上。

「不是可以用肥皂水脫下來嗎？現在試試如何？」

美加這麼一說，尚三立刻同意，夏夫低聲說句「眞是無藥可救的傢伙」，便回帳篷拿了肥皂與裝了水的杯子過來，但最後仍是白費力氣。

「沒辦法了，請妳暫時借我兩三天！」

尙三覺得很丟臉地低頭致歉，小百合微笑點點頭。

「沒想到會出這種意外，眞是這次活動中的敗筆。」勉環視衆人，「來轉換一下心情吧！有沒有什麼昨天沒玩過，而且是大家可以一起玩的遊戲？」

「這個嘛……」夏夫沉吟。

「謀殺遊戲。」望月舉手。

「謀殺遊戲？」第一次聽到的尙三蹙眉，「那是什麼？」

「也就是殺人遊戲。是推理小說研究社無人不知、無人不曉的經典遊戲。」

「好像很有趣，先說明一下規則吧！」夕子探身向前。

「首先，依參加遊戲的人數準備好同樣張數的撲克牌，任何牌都可以，不過Q、K、A只能各一張。每人隨機抽一張牌，決定偵探、偵探助手華生與兇手三個人。」

大家都很專心地聽望月說明。

「K是偵探，Q是助手華生，抽到這兩張牌的人要表明身分，其他人則不能讓別人看見自己的牌，兇手是抽到A的人，當然更不能公開。這個遊戲一般都是在室內玩，所以偵探與華生必須到室外，並熄滅房裡的燈光。」

「那我們在這裡可以玩嗎？」隆彥開口。

「樹林裡不是很暗嗎？我們就在那裡玩，而且每個人都要拿著手電筒。」望月回答了隆彥的問題後繼續說，「然後，剩下的人就在全黑的室內任意走動，這樣不是既刺激又驚悚嗎？此時，兇手要在黑暗中隨意殺掉一個人，說是殺，其實只是做個樣子，兇手只要輕敲被害者的頭或踢他屁股就行了。發現自己被殺的人要叫出聲，通知大家發生殺人事件了，並倒臥在地上。此時靠近電燈開關的人要立刻開燈，兇手也要趁機離屍體愈遠愈好。」

「也就是說，我們是以打開手電筒來代替開燈？」尚三問。

「沒錯。但尖叫聲與亮燈的時間如果相隔太短，立刻就會知道誰是兇手，這樣就不好玩了，所以聽到尖叫聲後要數到三再開燈。」望月的語氣很像烹飪教室的老師，「燈一亮，偵探與華生立刻進入房間蒐證、調查，詢問在屍體附近的人『是否注意到有人逃跑』；但我們推研社的規則不太一樣，我們還能問屍體『你是怎麼被殺的』或『被敲打時的力量大小』。」

「這麼說，屍體也要躺著回答嗎？還眞是個傑作。」武說。

「這時兇手要怎麼說都沒有關係，但其他人必須照自己所知的回答。問題與時間都有限制，偵探與華生必須在這個限制內推論出誰是兇手。」

「哇！這一定很有趣！」夕子高聲道。

「玩一次試試吧！很好玩的！」織田也跟著推銷這個遊戲。

我曾聽過這個遊戲，只是沒實際玩過。望月他們三個人一定不可能自己玩過——這是當然的，等偵探與助手離開後，房內就只剩兇手了——他們很可能是在別的地方與別人一起玩的吧？玩完後再問問看好了。

雖然也有人一臉不以爲然，但最後仍決定試試。大家準備好撲克牌與手電筒，陸續進入樹林。望月俐落地洗好十七張牌，請大家抽牌。衆人伸手抽牌，彷彿小學生領到成績單似地偷偷看牌——我抽到黑桃四。

「我是偵探。」

「我是助手。Q是助手吧？」

正樹與小百合得意地亮出自己的牌，其他十五人則將牌放入了口袋。

「那你們兩人……嗯，就到那邊的樹下等。現在再次確認遊戲規則，等偵探與助手離開後，大家一起關燈，兇手動手殺害某人，被殺害者尖叫倒地，三秒鐘過後才亮燈，偵探聽到慘叫也亮燈，並跑向尖叫聲的來源。」望月對所有人確認道。

「然後就是訊問了？好，我們走吧！」

正樹與小百合走向約莫十五公尺外的樹下。

「訊問時間爲三分鐘。」望月在他們背後說，正樹舉起一隻手揮動，表示知道了。「好，我數到三後關燈——一、二、三！」

周遭立刻漆黑到伸手不見五指。

「啊！怎麼辦？眞的什麼都看不見了！」夕子大叫。

「我們可能會互相擦撞到身體，但沒關係，兇手殺人時，一定會做出明白易懂、確實的殺人行爲。」望月說。

確實的殺人行爲？竟然用這種說法。

黑暗中，只能聽到許多呼吸聲與衣服摩擦聲，最明顯的呼吸聲大概是織田的。我也漸漸興奮起來了，這片黑暗中，確實潛伏了一位等待機會行兇的殺人犯，雖然只是遊戲，卻令人背脊發涼。

「喂，兇手還在蘑菇什麼，快殺人啊！」隆彥粗暴地說，他的聲音也充滿興奮。

看樣子兇手一定也很緊張，或者，peace 自己就是兇手……

在黑暗中移動了約莫一分鐘，眼睛逐漸適應黑暗後，雖然能見到左右移動的人影，卻完全無法分辨到底是誰。正當我思忖前方那個小人影應該是夕子時，後腦被輕輕打了一下。

「我被殺了！」我大叫後當場倒下。

三秒鐘後，十四支手電筒幾乎一起轉亮，許多光束迅速晃動地尋找被害者。

「啊！是有栖——你那是什麼姿勢？」江神一找到我，所有光線立刻集中至倒地的我身上。

正樹與小百合此時也跑了過來。

「被害者是有栖？就從你開始問好了……兇器是什麼？」

「手刀。」

一陣哄然大笑。

「這太好笑了！」夏夫說。

「從我身後擊中這裡，因爲有控制力道，應該不是我的學長們。」

「屍體最好不要隨便推理。」正樹說完，所有人又是一陣大笑，他又接道，「而且，在一片黑暗中，兇手不可能知道是你而故意殺你吧？」

嘿！很厲害嘛！

「在有栖附近的是武、住持和美加。」擔任華生的小百合環顧三人，「那我一個個問。住持，有人逃往你這邊嗎？」

「沒有。有栖發出叫聲後，我就一直站在原地，完全沒感覺到有人經過。」

「我也是。可能是逃向武那邊吧！」美加接道。

「嗯，我覺得似乎有人從我背後經過。」

「這麼說，從這方向過去就是隆彥了……」正樹低喃。

「不是我，你可以問我旁邊的露娜，我一直站在這裡。」

「是呀，我們都沒怎麼移動。」

「博士，別被騙了。別忘記武說過有人經過他背後。」律師文雄說。

「私家偵探不要插嘴，專業偵探正在調查。」

一陣爆笑。

「過了一分三十秒。」望月宣布。

正樹與小百合不停詢問所有人，卻找不到有力證詞。

「三分鐘過了，請問，誰是兇手？」望月問。

兩人各自交抱雙臂，沉吟一會兒後，公布答案，「武！」

武突出下唇，難得地露出天真姿態，向對方亮出自己的牌——是紅心十。

「唉呀！這……」小百合俯首。

望月與江神似在商量什麼，隨後望月開口：

「在這種情況下，有時會以相同的偵探與兇手繼續遊戲，比賽看兇手能連續殺多少人，但由更多人分別扮演偵探與兇手會更有趣，所以我們要更換偵探與兇手。現在，請這次的兇手自首。」

美加緩緩攤開黑桃A，態度有如冷靜的女醫師。

「眞有一套！演技一流！」尙三佩服地說。

「學姊太厲害了。我們進行下一回合吧！我也想當兇手。」夕子也說。

「心浮氣躁是當不了兇手的。」望月戲謔地說，並收回大家的撲克牌，仔細洗牌後攤開，「請抽牌。」

第二回合，偵探是龍子，助手是武，被害者是夏夫，兇手是夕子。因爲夕子笑著回答問題，所以立刻露餡，有人還笑說「看吧！果然被抓到了」。

第三回合，偵探是琉美，助手是望月，我再次成爲被殺害。望月從頭到尾都自信滿滿地，結果還是猜錯，但月亮女孩露娜語氣肯定地對沒被問到的隆彥說：「peace 就是兇手。」

隆彥嘴唇叼著的香菸立刻掉落地上，拿出A。望月則不甘心地低喃「眞是比不上女人的直覺」。

第四回合，偵探是有栖川有栖，助手是姬原理代——可能是老天要彌補我白天的缺憾吧！

「加油喔！」理代說。

我們兩人暫時離開大家，走到樹蔭下，並關掉手電筒。理代突然輕輕嘆息，一口氣就吹在我脖子上。我數到三後，後方的燈光也滅了，黑夜嘉年華開始。

「並不是完全漆黑啊！」理代仰望上空，「你看，樹葉縫隙中還透過一些月光。」

我抬頭——果然沒錯，雖然沒有明顯的光束射下，但黑暗中仍有些亮光。

「林隙的月光。」我不自覺地脫口。

「好美的形容詞！不是林隙的日光，而是林隙的月光。就像剛才說的月光浴，以月亮代替太陽後的詞語變得更美了。還有月暑、月射病……」

「月光照片、月光消毒。」

「到處都是月光。」

「我們也加入月人派吧！」

我們兩人的視線在黑暗中交會，我能清楚見到她的微笑。

突然，遠處傳來一個聲音——

「喂！那邊的名偵探，現在不是誘惑助手的時間吧！」

是隆彥的聲音。

「反對濫用職權！」夏夫也笑說。

雖然不會有人看見，我仍垂下了頭，正思索理代會有什麼反應時，卻聽到她嗤嗤的笑聲，不禁對自己的懦弱感到無言。

「啊！」

是女孩子的尖叫聲，還有某人迅速移動的聲音。

「走吧！」我催促理代，轉亮手電筒趕往現場，內心燃起絕對要找出兇手的熊熊鬥志！

被害者是龍子，她有點不好意思地側臥在地。在她附近的人是隆彥、織田、尚三、夏夫、夕子與美加，六人形成環繞屍體的形狀。

「妳是怎麼被殺的？」我問龍子。

「背部被人推了一把，有點用力。」龍子在衆人的注視下顯得有些羞澀。

「龍子周圍有六個人，兇手想穿過這個圈子相當困難，所以……」

「但我聽到有人跑走的聲音啊！」

被才華洋溢的可愛助手這麼一說，偵探陷入了困境。總之，先一一訊問他們吧！

我問這六人：「有人從身邊穿過嗎？」但他們皆回答：「沒有人經過身邊。」

「也就是說，兇手一定在這六個人之中。如果有人行兇後跑走，這六人裡一定會有兩人的證詞是『有某人經過身旁』，畢竟六人形成的圓圈間隔並不寬。但大家都聽到了，他們都表示『沒人經過』，所以兇手絕對在這六個人之中。」

「嗯，沒錯。」理代表示同感。

「那麼，兇手是六個人之中的誰？你只剩三十秒了，有栖。」望月催促。

就算這樣，我卻還沒掌握到任何關鍵線索。龍子說她倒地時無法分辨方向，所以完全不知道兇手的手由哪個方向伸過來。

「對不起。」龍子說。

哪有被屍體道歉的偵探？

「時間到。」望月宣布。

「有栖，你決定吧！我的第六感猜不透。」

被理代全權委任，我更加猶豫了，只能以兇手動作相當粗暴這一點來推測是隆彥——猜對了嗎？

隆彥刻意吊人胃口，慢條斯理地翻開他的牌——錯了！

「是夏夫吧？」翻開撲克牌證明自己清白的美加說。

但夏夫拿到的是黑桃三。

「也不是我們。」尙三看過織田與夕子的牌後，將三張牌攤成扇形給所有人看。

「唉呀！這件案子還眞棘手。那麼，兇手呢？」望月說。

黑桃A在江神手中。

四周頓時響起一陣騷動，大家都感到無法置信，因為江神一臉「我只是旁觀者」的表情遠遠靠在樹幹上，而且還是離圍成屍體的圈子最遠——約七、八公尺——的一棵樹。

「江神，你是用了什麼詭計？會飛的道具嗎？」望月也呆住了。

「什麼也沒有。」江神一臉漠不關心地說。

沒有什麼比江神拿到A時，卻抽到偵探更糟的事了！雖然不知道他在黑暗中的敏捷行動是靠什麼道具，但他本來就是那種做任何事都不會失敗的人。

「我輸了。」我乾脆地承認失敗。

後來又玩了十回合，我已經沒有再扮演任何角色。第七回合，當理代成爲被害者時，我莫名地感到狼狽，尤其當事後知道從背後勒住她脖子的兇手是尙三時，我不禁強烈嫉妒起尙三。

勉後來有感而發，認爲謀殺遊戲實在需要相當體力，因爲有時候要靜靜站立，有時候則要迅速移動。

「我們明天再繼續吧！大家都累了。」望月收集撲克牌，宣布結束遊戲。

這項遊戲似乎頗受大家支持，夕子還不忘提醒明天一定要玩！

「去年你們也是三個人玩這個遊戲？」從樹林回來的途中，我問望月。

「怎麼可能！去年我們三個人去金澤旅行住在青年會館，當時有會館主人與其他住宿者與我們一起玩。今天應該算玩得很成功，我們就是這樣將謀殺遊戲流傳出去的。」

我看了一眼手錶，時間是九點過後。

望月、隆彥、尙三在廣場喝啤酒，高聲聊天；勉帶了素描簿進入樹林，文雄說要去吊床休息一下，跟在勉身後；正樹與夕子她們三人以及夏夫坐在草地上話家常，看起來很快樂；武與小百合、江神與琉美相隔不遠，同樣仰望綴滿星星的夜空，靜靜地交談；理代與我一起。

「走吧！我們去賞月。」我說。

「要在這麼暗的樹林裡散步？」

「放心，不是要去玩謀殺遊戲那裡，而是去樹木更稀疏的地方散步，今晚的月亮很亮，沒問題的。」

「嗯。」

我們兩人漫步在樹林中。理代似乎也很喜歡玩謀殺遊戲，問我推理小說研究社是否都做些類似的活動，我認爲太熱衷談論自己的興趣很不好意思，只是語帶曖昧地回答她。

「英都大學嗎？眞好。我也想讀京都的大學。」

「爲什麼？」

「我雖然喜歡神戶，但一提到學生之都，絕對還是會想到京都吧！我總覺得哲學之路或鴨川河畔才是思考人生或學問的最佳場所，還有在星期六下午到河原町的舊書店尋找古書……我是不是太容易被影響了？因爲我高中的社團學長念了京都的大學，每次聽他說這些時，我都會很羨慕他。」

我說了些在京都生活的瑣事，譬如京都不論白天或夜晚，到處都是學生；每次去木屋町喝酒，常會遇上其他大學社團，意氣相投時還會一起合唱校歌或啦啦隊隊歌；黎明前的牛丼店裡只剩我們四個男生等等，不論什麼，她都聽得津津有味，看樣子，她是眞的很羨慕。

「神戶也是很不錯的地方啊！」

「是不錯，但是……」

理代話說到一半就沒再說了，她應該還是覺得京都更好吧！我想像與她一起走在鴨川河畔的畫面，不知爲何，重要的鴨川景色卻遲遲無法浮現，而我的幻想就這樣朦朦朧朧地消失了。

「我們回去吧！」她說。

雖然不想這麼快結束與理代獨處的時光，但兩人這麼晚了還在暗處徘徊也很奇怪，我也只能點頭應允。

「啊！」

理代伸手指向天空，一顆星星從夜空的這端奔向另一端。

我驚訝地思忖，流星就是這種拖著長尾巴的東西？如果是，要連許三個願望應該很有可能吧？

但此時的我只是愣愣地追隨流星的明亮軌跡，根本沒想到要向星星許願。

第二章　驚愕的早晨

1

露營第三天的早晨。

還是比三位學長早起的我站在帳篷前，茫然眺望被乳白面紗覆蓋的景色。不安的早晨。

今天似乎會發生某種令人難受、傷心的事。這種事常有，只是我不懂，像我這樣遲鈍的人爲什麼會有這種能力，而且，不可思議的是，這些預感的準確率還相當高。即使如此，我卻無法得知會發生什麼事，也不知該如何自處。

「早安。」我朝她的帳篷低聲說。

之後，我雙手空空地走入朝靄。在天色昏濛的破曉之前，高原的霧靄彷彿有生命似地扭轉、流動，惡作劇地遮住了前方。

——我有如廢墟中的另一個廢墟般站立。

此時，我的腦海中浮現了一句詩詞，應該是拜倫的詩吧！

霧靄重重的白樺林中，我一個人孤獨地在昨夜玩謀殺遊戲的樹林中徘徊，唯有足音與自己對話——明天就必須與理代分開了，我想，這就是不安的原因吧！但她在神戶念書，只要與她約好，要見面也很容易，那麼……

一回到村裡，便發現一陣騷動，朝靄中有無數人影晃動。

「怎麼回事？」我問。

聚在理代她們帳篷前的人們回頭，臉上是一致的困惑神情，似乎在說：啊！你也在？

「莎莉不見了。」琉美遞給我一張紙條。是從記事本撕下、字跡潦草的便條。

我先回去了，妳們兩個好好玩。請原諒我的任性。

小百合

「只有留言？」

「好像是。行李也有一半不見了。」

「但是，爲什麼這麼倉促？」

「我不知道……她究竟是怎麼了？」

衆人臉上都浮現無法理解的神情，而武的臉色蒼白，還緊咬下唇。

「怎麼會有這種蠢事！」武呻吟似地說，「為什麼連對我說一聲也沒有？」

「這是我想說的話！」琉美面向武，「我才無法理解莎莉為什麼會對我們做出不告而別的奇怪舉動。」

「妳們不是閨中密友嗎？」武反唇相譏，「妳們或許不喜歡莎莉與一個向她搭訕的人交往，但是妳們認識才比我早幾個月，難道就能無條件地擁有對莎莉的優先權嗎？莎莉什麼都沒對我說就走了，我或許再也見不到她了……」說到這裡，武突然住口不語。

「對不起。」琉美低頭致歉。

「我也是，抱歉。」武似是想克制混亂的自己，用力抓住套頭毛衫的胸前。

隆彥見狀，輕拍他的肩膀。

「對了，在破曉前，我在半夢半醒之間覺得枕邊似乎有窸窸窣窣的聲響。」理代沉聲說。

「就算是男孩子，也無法一個人在半夜下山。」夏夫擔心武，安慰地說，「她很可能是在天快亮時才收拾行李下山的。」

「如果是這樣，那她應該還沒走太遠。」我淡淡地說。

「沒錯，現在追上去，一定可以追到她。」隆彥立刻接道。

「好！」武看向琉美，「我立刻去追她。」

「我也去！」理代說。

「我用跑的去追她，你們等我。」武拒絕理代。

「發生什麼事了?」江神蹙眉，從EMC的帳篷走來。

「江神，是……」

夏夫正準備說明時——

2

地底發出轟隆巨響，本該紋風不動的大地如今卻有如遭三角波侵襲的小船般劇烈搖晃，我們紛紛踉蹌倒地，完全搞不清楚究竟發生了什麼事。

「火山爆發了!」

不知道是誰大叫，我立刻望向山頂的火山口，朝靄中，充滿壓迫感的黑色煙塵往上噴發，恢復呼吸的火山猶如兇暴的野獸正對天咆哮。我發出尖亢的叫聲，硬生生嚥下一口唾液。

「是地震嗎?」

望月從帳篷跑出來叫道，織田緊接著也跳出來，夕子、美加、尚三也紛紛從其他帳篷衝出來，全都陷入一陣恐慌。

「危險!快躲進帳篷!」勉大叫。

但所有帳篷一一倒下，火山碎屑則從上空紛紛墜落。

「進樹林裡去，快點!」江神雙足用力踏穩地面，發號施令。

這時，一個約有手提電視機大小的火山彈掉在距離我們不遠的位置。

「快！」

被恐懼驅使的一群人立刻跑向江神指著的地點，彷彿跟在摩西身後。

我發現理代似乎嚇壞了，仍愣坐在地。

「快走！」

我抓住她的手，拉她跑向白樺林。途中，一顆拳頭大小的火山彈破空掠過我們身側，還有更多無數顆只要被擊中就粉身碎骨的岩塊也紛紛掉落在視野中，我與理代反射性地閉眼大叫。

好不容易跑進樹林，我們趕緊躲在一棵樹下。理代在我懷裡輕輕顫抖。我看向四周，大家都各自緊靠在樹下，我的視線一與望月交會，他隨即搖搖頭，似乎在說：已經完了。

砰地一聲，火山彈命中我們躲藏的樹木，理代再次尖叫出聲，但我已經發不出任何聲音了。

有如死亡帷幕的火山灰緩緩飄下，我們的視線完全被朝靄與灰燼遮蔽，矢吹山再度怒吼，腳下的地面持續猛烈搖晃我們的身體。

「喂！大家都沒事吧？」夏夫的叫聲劃破了轟隆隆的地鳴。

「我沒事，理代也是！」我覺得必須回答他，遂用盡全力大吼。

「我還活著！」

「沒事！」

「夕子和美加也沒問題！」

四面八方傳來狼狽的回答。

「忍耐一下，很快就會過去的。」我說。

理代注視我的眼眸，用力頷首——我們兩人全身僵硬，屏息忍耐。

約莫過了十分鐘，地獄遠離了我們。矢吹山彷彿得到活牲獻祭而滿足的邪神，瞬間沉默下來。

我與理代對望，確認彼此都平安無事。

周遭吹來有如猛獸呼吸似的溫熱氣流。

「喂，大家，還在嗎？」夏夫在火山灰的彼端喊叫。

「還在！」

「我們在這裡。」

「學長，你在哪裡？」

「有人受傷了嗎？」

一時之間，許多呼喊聲在火山灰形成的帷幕中飛竄。

「全部集合！我拍手，大家循聲音過來。」語畢，夏夫開始拍手。

「走吧！」我拉著理代的手，小心腳下的地面，慢慢走向聲音來源。現在的能見度很低，十公尺以外一片模糊。

「最先到的是勉。下一個是誰？」

夏夫的聲音感覺上還很遙遠；理代被火山彈絆到，有兩次差點摔倒。

「接下來是……啊，律師！你受傷了嗎？」

「沒有，只是稍微擦破皮。」

「第三個是信長！還好吧？」

「沒事。」

風勢開始轉強，火山灰逐漸稀薄，依稀能看清楚附近的樣子。

「兩位，這邊！」夏夫揮手。

夏夫的「兩位」似乎就是指我與理代，終於，我們搖搖晃晃地抵達大夥兒所在的地方。

「真的好可怕！」夕子和美加也到了。

接下來是背著琉美的江神。

「露娜怎麼了？」理代慌忙問。

「她的腳被火山彈擊中，誰快去拿藥來！」

織田難得地在有人回答前便立刻轉身跑回村裡。雖然江神輕輕地放下琉美，卻似乎仍扯動了傷口，琉美喊了聲痛，整張臉皺了起來。她右小腿的白色牛仔褲裂開，染成一片鮮紅，這種傷勢絕對不是單純的擦傷。

「一人受傷。其他人呢？」夏夫說。

隆彥與龍子互相扶持地踉蹌走來，然後是分別從不同方向過來的正樹、武，與望月。

「全員生存，無人死亡，一人受傷。」夏夫點名確定人數。

「簡直是奇蹟！」隆彥冷冷地道。

此時織田拿著急救箱回來，接下來則輪到前童子軍的勉與尚三迅速著手外傷的急救處置。

「傷口一定得先清洗才行。」

「但溪水都被火山灰污染了。」

沒錯，這樣一來，不僅是琉美的傷口，所有人的飲水都有問題。

「應該不要緊，只要去溪水的源頭就可以了。」

勉在尚三的幫忙下背起琉美。

「我們也去。我要洗臉，而且溪水有沒有受到污染，關係到所有人的死活，我也想去看看。」隆彥一臉陰沉地說。

這是當然。於是我們以背著琉美的勉帶頭，排成一列走下通往小溪的山徑。溪水被火山的噴發物污染，別說喝了，連洗手都不行。

「這下糟了。」隆彥嘖聲道。

「上面就是源頭，那裡一定有乾淨的水。」勉走入溪中，往上游溯行。

沒多久，上面傳來「得救了」的聲音。我們於是溯行至勉的身邊。他站立的地方水深及膝，清澈的溪水從一塊大石下源源流出——終於可以放心了，這塊突出的岩石正好擋住了飄落的火山灰，令溪水不致被污染。

勉與尚三合作處理琉美的傷口，她腳上的繃帶滲出了鮮血，看起來就覺得很痛。稍後，我們輪流洗淨臉與手腳後，回到村莊。

強勁的西風吹散了火山灰，呼吸變得輕鬆多了，而不再搖晃的大地也令我們恢復了冷靜。

「我去察看下山的路。」隆彥說。

「莎莉……不知道她怎麼樣？」一聽到隆彥的話，武的神情遽變，他想起來了，就在自己說要去追小百合時，矢吹山爆發了，「peace，我……」

「好，我們一起去。」

兩人齊步往前走。

「路上小心！」龍子在背後大聲叮嚀。

我們重新搭起帳篷。木槌敲打帳釘的聲音在山中迴響。幸好帳篷只是倒塌，還是可以用。

文雄打開收音機時，正好是臨時新聞插播，大家圍在他的身邊凝神靜聽——根據新聞主播的報導，一星期前，東京大學就偵測到斷斷續續、極輕微的小地震，但還來不及發布警報，火山就非常突然地爆發了。矢吹山上次爆發是十年前，大爆發則是在兩百年前……雖然播報員的咬字清晰，但因爲收訊狀況非常差，絕大部分都聽不清楚。

「對不起！眞的很對不起！」織田突然向江神、望月與我低頭致歉。

「信長，你在幹嘛？」

「對不起，社長，我不應該選這裡露營。」

「別說那種傻話了，沒人知道會發生這種事，更何況直到昨天，大家都還玩得很開心。」望月回答。

「可是，我覺得自己應該負責……」

「信長，沒人怪你。」

危險已經遠離了吧？因爲這座山已恢復幾近詭異的靜寂。

沒人進帳篷，所有人都聚集在廣場上，並不時動手拂去不知不覺間落在頭上或肩上的火山灰。

「這讓我想起了以前坐小船漂流的事。」

抱膝而坐的夏夫並未針對誰地開口說話，我們全都側耳傾聽。

「那是小學六年級的夏天，我和弟弟到近江舞子的親戚家玩。每年夏天我們都會去那邊，因爲可以在琵琶湖游泳，還可以爬比叡山。那一年，我和弟弟第一次搭乘小船，而且是偷偷解開租船店繫在湖邊的船，划入夜晚的湖中。

「一開始，我不知道要怎麼划槳，但很快就掌握到技巧，興致勃勃地使勁划到湖心。小我三歲的弟弟很興奮，當哥哥的我更得意。我將船槳交給他，要他也試試看，他立刻拚命用力划。雖然逐漸遠離岸邊的燈光讓我們有點害怕，但也覺得很有趣。」

「什麼？」夕子瞇起眼。

「玩了約一個小時後，那時應該快十點了，我們急著想回家，周遭卻不見任何燈光，我不禁感到毛骨悚然，覺得家家戶戶是故意爲難我們，所以才都把燈熄了。我弟認爲我一定記得方向，將槳交還給我，我只得藏住狼狽，說了聲『要回去了』，胡亂調轉船頭往前划。過了約三十分鐘，我額頭浮現涔涔汗珠，我弟什麼都沒問地哭了起來，我一直哄他：『別擔心，剛剛來的時候花了一個小時，回去也要花同樣時間。』然後更拚命地划槳，但四面八方仍見不到燈光。我沒戴手錶，時間因恐懼而流逝得非常緩慢，我也開始沒力，手掌都紅腫脫皮了。我放棄划槳，對我弟說：『你不用擔心，這裡不是大海，最壞的情況就是天亮後被遊覽船發現，他們會救我們的。』」

一陣風從我們之間吹過。

「結果，直到天亮，我們都一直在琵琶湖上漂流。正當我在安慰虛弱地喊餓的弟弟時，警方的船找到了我們。從晚上九點到隔天上午九點，剛好整整十二個小時的恐怖漂流經驗。」

「你們一定有挨罵吧？」夕子問。

「怎麼可能會罵我們，伯父伯母認爲我們只要平安無事就好了，而且，度過最擔驚受怕的一夜的人其實是他們。當然，在琵琶湖上漂流整晚的我們也很害怕，但我們因爲相信自己能得救，後來講了些笑話就睡著了。」

「眞是一對冒險犯難的兄弟。」夕子笑道。

「但這件事卻從此牢牢烙印在我心中，讓我時時自我警惕，不能因爲自己的任性而帶給別人困擾。全拜那一晚所賜，我才會成爲今天的見坂夏夫。」

「我曾經在山裡迷路。」接著是勉一臉嚴肅地開口，「那是我擔任幼童軍的領隊到秩父三峰山辦活動的時候。我那時高一，對自己的領導能力有幾近自我陶醉的心理。」

勉拔著雜草，沒有看向任何人地說。

「第二天，有個人失蹤了，是個剛加入幼童軍的活潑小二生。他似乎一個人跑到山裡探險而遲遲未歸，於是我們所有領隊便聯合搜山，但怎麼也找不到人，不得已而向當地警局報案時，時間已經快黃昏了。因爲那天已經無法進行全面搜索，只能等隔天天亮再行動了。但那孩子是我的隊員，於是我不顧一切地進入山裡找人，喉嚨喊到都啞了。

「當我發現那孩子蜷曲在沼澤邊時，太陽已經西斜。他迷路後到處亂闖，失足摔落至約五公尺下方的沼澤邊，並摔斷了腳，又因爲一整天沒吃東西，身體非常虛弱。我以木板固定他的傷處，準備背他回去。但我不得不詛咒自己的愚蠢，因爲連我也在山裡迷路了。這麼一蹉跎之下，天已經黑了，他也更加虛弱，我知道再怎麼焦急也於事無補，於是拚命唱歌替他打氣。最後我們還是露宿野外，這對他來說已是第二個晚上了。我身上只有幾片口香糖，四周也沒有什麼能吃的東西，只好讓他嚐嚐口香糖的甜味，抱著他在漆黑的林中度過一夜。」

風勢轉強，漸漸能看見四周熟悉的景物了。勉的聲音仍還在繼續。

「我後來似乎睡著了，驚醒時還是夜晚，那孩子因高燒而不斷呻吟，而且應該是在叫我，我卻睡死了。孩子叫著：『我好難過。』但我只能無力地反覆告訴他：『忍耐到天亮吧！』

「天亮後，我用盡所能地推測方位，期待能成功回到露營區，我背上的孩子則是一動也不動，一句話也沒說。快中午時，我終於回到了營地，並與他一起被送到醫院，因爲我也有點虛脫。在救護車上，我備覺難堪，淚水不停流下，後來，那孩子因併發肺炎在兩天後死亡。」

沒有人出聲，沉默籠罩一切。

「抱歉，在這種時候講些不吉利的事……因為住持的話，讓我想起了往事。」

「我也是，對不起。」夏夫說。

到下面查看路況的隆彥與武過了很久都還沒回來。

「眞慢。」

江神這句話再度勾起大家的不安。從他們下去後應該已經過了一個半小時吧！龍子擔心隆彥的安全，正打算找幾個人去看看時，正好他們臉色慘白地回來了。

「情況如何？」尙三問。

「下不去了，地殼似乎產生滑動，下山的路已經不見了。」隆彥的聲音充滿絕望。

我看向武，他的臉彷彿看見惡魔似地扭曲痙攣。隆彥瞥了武一眼，開口：

「我不認爲莎莉會平安無事。」

3

「你這話是什麼意思？」理代壓低聲音問，「是說她可能遇難了？」

「火山爆發時，莎莉已行蹤不明，我們無法斷定她的生死，只是，如果她在破曉時出發，一路沒有休息地以普通的速度下山，那麼，她那時正好走到發生地殼滑動的地點附近，很可能被山崩埋住。」隆彥斟酌用詞地說。

「那麼嚴重？」江神幫隆彥點起叼在嘴上的peace，「你不認爲莎莉在山崩前已走過那裡了？」

「江神，你看了就會知道了，那不是單純的土石崩落阻斷部分道路——我們同樣無法下山。」

擔心的事態成眞了——我們已被誘餌誘入籠內囚禁，接下來不知要如何被這座山折磨。

「山崩的地點在很前面嗎？」文雄問。

「從這裡跑下去大約三十分鐘路程的地方。我和武找過其他下山的路線，但就是下不去。」

「那怎麼辦？」夕子希望有人能回答這個問題，卻沒有任何回答的聲音。

「會有救援來的。」我忍耐不住地說，「我們帶了那麼多行李搭巴士在山腳下車，一定會有人知道我們在山上。總之，我們只能等待救援了。」

「有栖的話沒錯，雖然有些消極，但是，除了在這裡等，也沒有其他辦法。」隆彥同意道。

「你們還剩多少糧食？我們這邊還能維持兩天左右。」美加說。

理代她們與我們只準備了三天兩夜與一些備用的糧食，要撐過第三個晚上勉強沒問題，再下去就不行了，尙三他們的則還可以支撐兩天左右。

「得省著點用了。」美加交抱雙臂，好像在腦海裡思索該如何運用手邊的棋子。

「幫忙找莎莉吧！她或許在那一帶受傷無法行動了！請大家幫忙找她！」武痛苦地說。

理代站起來，我與尙三也是。

「最好帶著圓鍬。」隆彥難以啓齒似地建議，自己也站了起來。

「我也去。留幾個人在這裡整理帳篷和準備食物。現在已經沒必要分組負責炊事了，這件事就麻煩妳們女孩子了，男的拿著圓鍬下山。」江神說。

「我也要一起去。」理代要求。

「OK！」江神說。

「那麼，我留在這兒好了。」隆彥說。

「這裡沒問題，你去吧！」美加對他揮揮手。

琉美心慌意亂地目送理代。

我們男生十一個人，再加上理代，一行人約四十分鐘後抵達現場，這裡完全變了一個樣子，大夥兒忍不住連連嘆氣。

武與理代大叫莎莉的名字，並仔細分辨無數的迴音中是否有任何回答的聲音。

「只會更絕望吧！」隆彥在江神耳畔說。

每個人手上都拿了圓鍬，卻毫無用武之地，我們也試圖尋找下山的路徑，但同樣毫無發現，最後只能沮喪地回到村莊。

※

大家都默默地將食不知味的食物塡入胃裡。武什麼也沒吃地呆呆抱頭坐著，沒人出聲叫他，甚至連看到他這樣子都覺得難過。

各團體的糧食被集中起來共同管理，如今唯一的救贖是不用擔心飲水問題。美加擔任民生局局長，帶著收音機的文雄則任情報局局長。

需要煩惱的事多如小山，包括火山的動向、糧食的維持、莎莉的行蹤等等，而琉美的傷勢需要更完善的治療，另外，武與理代她們還受到不小的精神打擊。

——一夜成名。

這也是拜倫的詩。

——一夜成災。

矢吹山或許只是打了個大呵欠後又再度沉睡吧？現在連一點動靜都沒有。但黑色的濃煙遮蔽了天空，完全見不到絲毫陽光。我腦中描繪了漸形擴大的陰鬱蒼穹，咬緊下唇。

※

推研社的四人在自己的帳篷內休息。現在是漫長的午後。

「可能是盡情享樂直至昨天的報應吧？不過，竟然是這種無法支付的帳單。」望月仰躺著，凝視帳篷低矮的頂部。

江神與織田盤腿而坐，彷彿一對佛像，我以雙臂抱住單膝，思索脫離這項危機的方法。

「望月，這就是你最喜歡的封閉狀態吧？」織田無力地說。

「嗯，就像艾勒里的《暹羅連體人的秘密》或鮎川哲也的《白色恐怖》，但也可能是克莉絲蒂《一個都不留》的場景。」望月頷首說。

closed circle——被封起的圓。若以推理小說用語來說明，就是指發生在與外界斷絕所有聯繫的封閉場所的殺人事件，也被稱爲「暴風雪山莊」。若要舉例說明，就好比字面上的意思——孤立在暴風雪中的山莊，或是孤立在暴風雨中的村落、船隻無法通航的離島、飛機或火車等正在移動中的交通工具之類的場所。因爲不會有外來者的入侵，兇手一定是該團體的人，並還潛伏在其中，形成懸疑感十足的設定。由於嚴格限制了嫌疑犯的範圍，是望月在本格推理中最喜歡的手法。

「《暹羅連體人的秘密》也是被困在火山嗎？」織田問。

「美國本土有火山嗎？那是昆恩父子被捲入森林大火中，逃入山頂的住家，結果在該處發生殺人事件的故事。連續殺人事件再加上火勢的逼近，氣氛相當緊張。」望月嗤之以鼻地說。

「嗯，原來如此。不過，望月，聖赫倫斯火山就是美國本土的火山。」

「哼！」

「午安。」帳篷的布簾被掀開，尙三探頭進來。

「至少敲個門吧？」望月坐了起來。

「抱歉！但是帳篷有門能敲嗎？情報局傳來好消息，剛才的整點新聞有談到一群年輕人在矢吹山露營的事，並擔心我們的安危。」

「只有這樣？」我反問。

「只有這樣。不過，會擔心我們的安危，就表示不會坐視我們死亡吧？雖然還沒聽說要出動搜救隊，但他們或許正在準備中。」

「是這樣就好了。」我對這樣雞蛋裡挑骨頭的說法感到自我厭惡。

「我感覺到希望的燈光在遠處閃現。」江神開朗地說，「有任何消息請再通知我們，謝啦！」

「不客氣。」

尙三舉起右手時，無名指上的戒指映入我眼中。

「怎麼拔都拔不下來，不但過不了指關節，更陷入了肉裡，現在連動都動不了了。一直戴著莎莉的東西雖然很難過，但更難受的是肉體上的痛楚，不能夠拿重物，也無法握拳。」尙三似乎發覺了我的視線，看向自己的右手說。

「別放在心上，時間多得是。」織田說。

對織田的不負責任發言，尙三忍住苦笑，到下一個帳篷通知消息。

「我去看看其他帳篷的情形。」我坐立不安，走出帳篷。

可能是心理因素，外面的景物似是籠罩了一層白茫茫的色彩，風寂寥地吹著，樹葉婆娑舞動，各色各樣的帳篷如今只顯得單調，彷彿一場夢作完後的軌跡。

「我是有栖川，我要進去了！」我拜訪理代的帳篷。

「請進。」裡面傳來理代的聲音。

琉美躺在裡面，理代在一旁正襟危坐地照顧她，兩人臉上都帶著微笑。

「露娜，傷勢如何？」

「有栖，你是擔心我才特地過來的嗎？我好高興。」她覷了理代一眼。

「請坐。」理代微微聳肩。

我從尙三的情報切入話題。兩人聽完似乎稍微感到心安，於是我也捨不得潑她們冷水。

「問題是莎莉。我們在這裡既有糧食，也能得救，但若莎莉在某處無法動彈，我們一定要找到她。」琉美說。

「我認爲莎莉很可能已經下山了。」親自看過山崩現場的理代有不同的想法，「我感覺到枕邊有人時，是在四點左右，所以她應該是那時出發，離火山爆發還有大約三個小時，所以她應該已經到山腳下了。」

騙人！她之前並沒說到什麼四點的話，也不確定當時小百合究竟是否離開了帳篷。現在這些話絕對只是說來讓自己安心的，當然，如果眞是這樣最好……

「是誰說要來露營的？」

「莎莉。她高中時曾參加過健行社團，最喜歡到山上健行。雖然她看起來像大家閨秀，體力卻非常好。只參加過夏令營的我與理代最初還很猶豫不決，是她拍胸脯向我們保證一切靠她就行。」琉美回答

我的腦海中浮現比琉美與理代還帶有成熟女性氣息的小百合臉孔。

「但莎莉爲什麼要獨自下山？如果沒有充分的理由，沒有人會冒險做出這種事。」

「我剛才也與理代、美加談到這件事，卻怎麼也想不透。直到昨晚爲止，她的舉止完全沒有奇怪的地方……」琉美盯著自己的指尖，「她與武的感情也不錯，不是嗎？而且也沒有吵架的跡象，

連我這個旁觀者看了都覺得嫉妒。」

「昨晚她睡前也與平常一樣嗎？」

「嗯，昨晚她很早就睡了。」

「昨天有發生什麼讓她等不及天亮就下山的事嗎？莎莉或許有無法說明的理由，只是表面假裝平靜，準備等所有人都熟睡後行動，但她也知道半夜下山太過冒險，所以才會等到拂曉。」

「但昨天有發生過什麼特別的事或說過什麼奇怪的話嗎？理代，妳認爲呢？」

「我們本來預計今天回去，但是說要再延長一天的人是莎莉……」理代咬住食指沉吟。

我的思考空轉。小百合的行動實在令人難以理解，這簡直就像讓琉美與理代爬上屋頂後，卻又拿走梯子一樣。

「有栖，你也覺得很奇怪吧？會不會是她不想與我和露娜一起回神戶，所以才說要變更原訂計畫？但是，昨天究竟發生什麼令她想獨自回去的事？」

「等一下！也許不是昨天，而是前天。前天或許發生什麼讓莎莉想獨自回神戶的事，卻又無法告訴妳們，而昨天考慮了一整天後，才終於決定這麼做。」我思索道。

「這種假設我也想過了，卻想不起任何可能的狀況。營火晚會結束後，我們回到帳篷又鬧了好久才睡，莎莉那時很高興地說：『還是山上好。』更何況……」理代說。

「何況？」

「她並未急著向尙三要回戒指，不是嗎？那可不是無關緊要的東西……」

「眞的很難想像她會這麼做——啊？」琉美驚訝出聲。

發生了某種異變，一瞬間，我全身僵硬——但只是雨點落在帳篷上。

我望著猛烈的雨勢，看著這場雨沖刷掉從今晨開始便覆在我們這五頂帳篷上的一切。

照理說，帳篷的排水功能應該是萬全無誤，但可能是一度倒塌後急忙重搭的關係，帳篷開始浸水。雨聲幾乎震聾了耳朵，我們三人惶惶不安地對望，彷彿擱淺在海底的潛水艇船員。

雷鳴讓琉美的耳朵幾乎聽不到聲音。

雨停後，我與理代走出帳篷……沒有預期中高掛一道彩虹的遼闊晴空。低頭看腳邊，以灰色天空爲背景的我們正從水窪中望向自己。只要向前踏出一步，似乎就會落入灰暗的天空中。

這時，我們根本不知道慘劇才剛拉開了序幕。

4

矢吹山的第三個夜晚來臨。

十點前，大部分的人都已鑽入睡袋，卻都沒有人睡得著。

我走出帳篷閒晃。廣場中央還留有前天營火晚會的營火痕跡。夏夫與武坐在廣場邊，正在喝即溶咖啡，杯緣冒出溫暖熱氣。

「嗨！有栖。」夏夫端起杯子示意，「要喝嗎？」

我點頭，他隨即在塑膠杯倒入咖啡。

「是趁天還亮的時候去取回來的溪水泡的，很難得的咖啡。」夏夫說。

我以空著的左手向他揮了揮，以示謝意，右手端起咖啡啜飲。咖啡的香醇令我不禁閉上了眼，生命之所以寶貴，也是爲了品嚐這種滋味吧！

「武，精神好點了嗎？」我略帶顧忌地問。

「謝了，有栖。」武頷首，但感覺上很勉強，「晚餐後我也與理代談過，她說莎莉或許已在火山爆發前走到山腳下了。雖然無法確認是否眞是如此，但莎莉可能眞的正在擔心我們的安危而仰望山上。」

理代又隨口說出了這種話？當然，也可能是我自己太悲觀了。

「今天黎明嗎……我什麼都沒注意到。」夏夫倒了第二杯咖啡，「我與武在五點左右曾醒來躺著閒聊，但……」

武一臉愁苦地點頭。

「喂，那是勉吧？他今晚似乎又要去素描了。」

穿著藍色運動外套、腋下如以往夾了一本素描簿的身影往樹林那端消失。白天時，勉給我看過他的素描簿，裡面有從觀景台附近眺望的山頂，也有以立體主義筆觸描繪的月亮，相當精采。他似乎會將同一個地點的晝夜景色都畫下來。對現在的他來說，可能只有在創作時才能忘記一切吧！

勉的身影消失後，正樹剛好出來加入我們。

「真是難得。博士，你出來夜間散步嗎？」我說。

「我睡不著。」他神情凝重地說。

「大家都一樣。」夏夫勸正樹喝杯咖啡，「從剛才到現在，已有好幾個人進出樹林了。你看，那是律師。」

文雄與勉穿著同樣運動外套的身影正走向樹林，顏色是與他不太搭的鮮黃色。喜歡吊床的他也許又想躺在吊床上輕晃一下了吧！

「謝謝你們的咖啡。」

彷彿被什麼吸引似地，我也走進了樹林。當然不是走向沒有手電筒就漆黑一片的地方，而是選擇在見得到今晚微弱月光中的林間漫步——對了，今晚是月圓之夜！夜空雖然被火山灰遮蓋，但偶爾仍能窺見滿月射下的銀色箭矢。

我停下腳步。

前方是坐在一顆大火山彈上的琉美。解開馬尾後的頭髮垂覆在她雙頰，尙三撿來給她當枴杖的樹枝斜靠在一旁，她可能是爲了月光浴才出來的吧！我愣了愣，這幅景象簡直就像童話中的插畫般美麗。

「難得的月圓之夜，天空卻一片陰霾。」

「不論是陰霾或狂風暴雨，仍同樣是滿月。地球無法逃離月亮的引力。」琉美靜靜搖頭說。

「我聽理代說過，引力是月亮魔力的秘密。」我自忖應該理解她想說些什麼，「人體有百分之八十是水，地表也有百分之八十被海水覆蓋，就像月亮會影響潮水的漲退，人體也受月球引力的影響，對嗎？但我還在想，月光是否會擾亂人的精神狀態。」

琉美凝視天空中的一點，幾乎沒眨過眼。

「引力……光……kundabuffer。」

「妳說什麼？」

「月亮的食物。」

「露娜？」

「爲什麼我們必須在地面上忙碌地勞動，日復一日地迷惘、苦惱不已？是什麼強迫人類做出這麼大的犧牲？人所見的幻想又形成了何種系統？」

「……」

「kundabuffer。」

「……」

「那些天使想隱瞞我們每日都在生產月亮的食物的事實，目的就是要阻止人類從這份苦差事中逃亡。深陷 kundabuffer 的我們是何其可悲。」

我覺得自己好像正與巫女進行禪問，什麼都不懂。

「kundabuffer 是作夢的機械，地球是製造月亮食物的工廠。」

琉美緊張的聲音在我耳裡迴盪。

「kundabuffer 是什麼？」它似乎就是關鍵。

「對人類而言，爲月亮勞動過於苛酷，所以天使藉著讓人類幻想來欺騙人類，而在人類身上植入幻想的裝置就是 kundabuffer，也就是幻覺的器官。宇宙中央委員會企圖以此阻止人類客觀理性的發達。」琉美手掌朝上，似在秤量某種東西的重量，朗誦似地說。

「宇宙中央委員會？」

「有關地球與地球上有機生命的條款都是神聖的宇宙中央委員會所決議……」

「……」

「在具有位階制度的神聖宇宙中，地球位在從上往下數的第六階，由下往上數的第二階。」

她的咒文滔滔不絕地持續，彷彿極盡晦澀之能事的神秘學書籍的一節。

「地球只能有一個衛星，而且該衛星不能擁有自己的衛星；地球必須忠實傳遞行星界的種種放射物至該衛星；爲了創造構成天使位階秩序下層的三組織之有機生命體、天使、大天使、權天使，地球可以使用中央委員會送來的宇宙創造能源；地球必須做好萬全的監視，不能讓這些下層組織的天使僭越至上層，爲了預防萬一，故自權天使身上移植 kundabuffer。」

「……」

「當衛星提出要求時，地球必須提供食物給這三種天使；沒有中央委員會的許可，地球不得破壞自己的衛星；發生違反神聖宇宙其他各規則的事件時，依照中央委員會的判斷，可以利用來自行星界的放射物進行鎮壓，若仍無法控制事態，得派遣軍星。」

朗誦完令人不解的條文後，琉美面向虛空繼續說：

「太陽與其他行星創造了供月球成長的能源，並貯存在覆蓋地球表面的有機生命體中，地球上的一切生命皆是爲了讓月球食用而存在。kundabuffer 不會引起改變人體構成物質的靈性進化，而是在幻想次元進行人體的改變。爲了從月亮的控制中獲得解放，就必須切斷 kundabuffer 的束縛。只要能達成幻想的極限，就能讓 kundabuffer 過度疲累而消失。」

「妳是說，人類是月球的奴隸？」

「由上往下數來第六位，由下往上數去第二位，這就是人類的位階……」

琉美原本朗誦似的語調逐漸轉爲緩慢的講話方式，最後成爲語尾聽不清楚的低喃。

「有栖。」琉美終於看著我的臉說話了，「我在理代與莎莉面前從沒說過這樣的話，但……我今天好像特別奇怪。」

琉美浮現害羞的笑容，以近乎妖豔的姿態輕搖雙肩。我不禁愣了愣。

「晚安，男孩。」

「晚安，月亮女孩。」

轉身走了幾步後，灰雲裂開，月光照射地面。我回頭一看，琉美沐浴在雲母似的月光中，全身彷彿在歌唱似地微笑。

觀景台上，勉正專注地移動炭筆，我默不作聲地經過。往前走了一會兒，發現靠在一棵白樺樹旁站立的美加，她看起來彷彿思索中的哲學家。

「昨晚我睡不著，半夜出來散步，當時莎莉正好站在這裡。」

美加說話時並沒有看向我，我不確定她是否知道自己在與誰說話——又是一個奇怪的人。

「她沐浴在清冷的月光中，美麗得有如夜晚的森林精靈，脖子上十字架閃動的光輝照著我的眼睛。莎莉不像在煩惱什麼，而是非常幸福似地微笑。」

我好像看到了小百合有如活雕像般佇立、綻放妖冶神情的美麗身影。從見到小百合最後一眼到現在已過了整整一天，不可思議的是，隨著時間經過，她給我的印象卻似乎愈加深刻。

「聽妳這麼一說，我覺得更加混亂了。妳對這件事有什麼想法？」

「沒有。」美加冷漠地說。

我留下她，繼續往回走。在漫步之時，我暗自期待能見到理代，在昏暗的夜空中又繞了村莊一圈，最後回到自己的帳篷。

途中雖與尙三擦身而過，卻始終沒能見到她。

5

我們搭乘小船，正悠閒愉悅地順流而下時，卻開始被化爲洶湧湍急的水流玩弄，然後，到了第四天早上，這道激流成了瀑布，而我們全被沖入瀑潭。

「喂！起來了！」

有人踹我？是錯覺吧？但那動作相當粗魯……

我睜眼，江神上下相反的臉孔就在我上方，長髮髮梢垂到我的臉上——有點癢。

「怎麼了……」我揉揉眼睛問。

江神有一瞬間似乎不知該如何回答。

「清醒點！有栖！律師死了。」

「律師？文雄死了？」我抬起渾沌沉重的頭，現實世界緩緩甦醒。

「沒錯，博士剛才發現他倒臥在樹林裡，不是什麼心臟病發作，聽好，是被刺殺。」

搞什麼，原來是夢。

江神抓住我的肩膀猛烈搖晃，將幾乎又回到夢裡的我拉了回來。

「有栖，文雄被殺了，背部被刀子刺中死了。」

「眞的？」我的視線這才聚焦至社長臉上。

「望月和信長都過去了，你也一起來。」

爲何在這種時候我會睡得特別晚？總之，先跟江神走吧！

幾乎所有人都到了，從錯落的樹幹間可見到許多有如在墓地參與下葬儀式的陰沉背影。每人的視線都落在腳邊的地面上，只有尙三蹲在地上。

在稀疏樹林邊緣的一隅，身體變冷的文雄躺在地上，像青蛙一樣趴臥在地，鮮黃色運動外套背部滲出一團黑色血污。

「沒救了，他已經死了。」尙三檢查完屍體，抬頭輕輕左右搖晃說。

我呆然站立於小說裡出現了幾百次的殺人現場，彷彿被驟然拉上舞台的觀衆，覺得自己受到極度不當的對待。

「全身冰冷，已經死了好個幾小時了。」

「那應該是在半夜死的。他昨晚有回帳篷睡覺嗎？」

「這……文雄回來前，大家都已經睡著了……」勉說。

「江神，文雄背部的傷口怎麼看都像是刀子造成的刺傷。」尙三張大了雙眼，「是他殺吧？」

江神拿出香菸點起，深吸一口，似在讓心情平靜下來。

「我雖然不想這麼認爲，但這實在不像意外，也不是自殺，只能說是被殺。」

「可是……」人牆後傳來龍子不安的聲音，「爲什麼要殺學長？兇手……兇手是在這個露營區裡的人嗎？」

「我們被困在這座山裡，兇手當然就是我們之中的某個人——雖然連我自己都無法相信。」江神向上吐出紫煙。

「無法相信？這可是事實！」隆彥不滿江神的說法，恨恨地說，「我們之中有人殺了律師！如果不找出這傢伙，連午覺都不能睡了。」

從隆彥極力壓抑感情的說話方式就能知道他其實很害怕。

「這附近好像沒看到兇器。」望月轉頭望向四周。

「雖然我不知道如何鑑定傷口，但兇器應該是刀子吧！」仍蹲在地上的尙三說完，停頓片刻後又說，「江神，你看這個。」（見上圖）

江神轉頭望向尙三指著的地方——在文雄右手前方的地面——許多顆頭也跟著一起轉動，我也轉頭細看。

「這是什麼？」

被這麼一問，江神眉頭深鎖。

「應該是Y。」我從一旁探出頭回答。

「我也這麼認爲。」語畢，尙三看向江神。

江神默默俯視那個似是Y的符號。

「是死前訊息。」

望月說出推理迷最熟悉的字眼。死前訊息就是被害者在垂死之際，絞盡餘力留下、企圖傳達眞兇是誰的訊息，就算是沒看過推理小說的人也知道這句話。

「是兇手的姓名縮寫吧！」望月半反射性地說。

這雖然是正常的聯想，結果卻變成指出了特定的一個人。

「是指我嗎？」夕子聲音顫抖地說。

我在腦海中唸過所有人的姓名，以Y爲姓名縮寫的人只有菊地夕子。（譯註：菊地夕子的日文讀法爲 kikuti yuuko，縮寫爲 Y. K）

「不，我不認爲夕子是兇手……」

「可是，如果Y是姓名的縮寫，除了我以外就沒有別人了！這等於在說我就是殺人兇手！」

「冷靜點！這不見得就是姓名縮寫，望月也不認爲是妳才這麼說的。」隆彥往前傾，憐惜地環住她的肩膀。

「peace 說得對，除了Y以外，這也可能有其他的意思！」望月慌忙點頭。

「但我的嫌疑最重啊！」夕子雙眸含淚，不甘心地說。

隆彥對望月嘖了一聲。

「發生什麼事了？」衆人背後響起理代的聲音。

理代陪同拄了柺杖的琉美走來，她們似乎沒被通知到這件事。

「告訴我們。」琉美說。

「別看那邊，文雄被殺了。」江神轉頭對兩人說。

兩人愣在原地。理代「啊」地張開了嘴，卻沒有出聲。琉美差點撐不住柺杖，踉蹌了一下，江神隨即伸手扶住她。

「妳們先回帳篷，待會兒再好好告訴妳們。」江神說。

「走吧！」理代頷首，讓琉美靠在她肩膀，兩人一起回去。

望月貼近地面仔細端詳那個Y字，接著又檢查死者右手食指，確定他指甲縫裡夾雜了泥土後，了然地點點頭。

「江神，怎麼辦？不能就這樣將文雄放在這裡吧？」勉的聲音僵硬。

「這是當然，就搬回村中，放在帳篷裡吧！本來在警方進行初步調查前是不能隨便亂動的，但現在沒關係了。」

「江神，不是應該還要拍照存證嗎？」望月擺出了拿相機的姿勢，「畢竟是現場照片，下山後再交給警方。」

一些人表示同意，其他人則一語不發。或許有人會認爲「這些傢伙又在玩偵探遊戲了」，但望月的態度非常嚴肅。他回帳篷拿來自己的相機，連續拍了幾張屍體與屍體周圍的照片，當然還有地上的死亡訊息。

「可以了吧？」隆彥不高興地問。

望月看向對方，似乎想說什麼，最後還是沒開口，可能是考慮到隆彥痛失朋友的心情吧！

「可以了就幫個忙，把文雄運回帳篷。」隆彥又說。

勉、隆彥、正樹、尚三四人輕輕抬起文雄的屍體，運回村裡，將遺體置於他帳篷的最裡側。勉坐在遺體前雙手合十，其他人則在帳篷外致哀。

「你是住持的兒子吧？替他念個經吧！」夕子抓住夏夫手肘，哽咽地說。

「和尚才會念經，住持不會。」美加說。

「是嗎？」夕子已經開始慌亂失措了，「我們趕快下山吧！我沒辦法繼續待在這裡了，殺人兇手就在我們之中啊！這太荒謬了！什麼露營嘛！我要回去了！」

「冷靜點！」隆彥說。

「該不會就這樣在這裡等待救援吧？這根本就是坐以待斃！就算只有我一個人，我也要下山。沒有比這裡更令人難以忍受的地方了！」

「囉唆，閉嘴！」

尚三迅速抓住隆彥高舉的手。

「住手！你要對女孩子動粗嗎？」

「怎麼可能！你這傢伙想幹什麼？」

「原來你是脾氣這麼暴躁的人。冷靜點，別這麼容易動怒。」

「你的意思是我殺害文雄？」

「別吵了。」夕子雙手掩面。

隆彥閃過試圖阻止的勉與武，一把抓住尚三胸口。

「你這傢伙，想惹火我？」

一切全亂了，我覺得心情愈來愈糟。

「你們都別鬧了，聽我說！」

夏夫毅然排開兩人。他們立即分開，看樣子不是眞的想互毆。尙三的肩膀上下起伏，隆彥吐了一口唾液後，擦拭嘴唇。夏夫要求大家就地而坐，並叫來帳篷裡的理代和琉美加入。

「大家聽我說，各位或許不會相信，但我發誓，我絕不是兇手。」

「我相信！」夕子說。

「謝謝——好了，如果我是無辜的，這就表示各位之中有殺害戶田文雄的兇手，所以我想問，是誰殺了文雄？請自首。」

大家全轉頭看別人。

「你認爲兇手會笨到自己舉手承認？」

「兇手或許有什麼重大的理由，難道不能說嗎？」夏夫漠視勉的發言，重複同樣的問題。

還是沒有人主動承認。

「拜託，趕快說吧！」夕子雙手合十懇求。

「沒用的，住持。」隆彥起身拍掉長褲上的灰塵。

有幾個人立刻跟著站起來。

「兇手似乎沒那麼誠實喔！」

美加在經過夏夫身旁時丟出這句話，夏夫插腰點點頭。

我一直盯住夏夫的眼睛，卻無法確定他方才的行爲是出自眞心，或純粹只是演技。

6

輪流負責炊事的制度廢除了。每個團體似乎都不認爲兇手是自己人，而是潛伏在其他團體中，於是便自然而地各自聚在一起，但稍晚吃早餐時，大家還是聚在一起。

「我有個提議。」一吃完難以下嚥的早餐後，尙三立刻說。

每個人皆停下動作看向他。

「我們三人剛剛討論過，希望能檢查每個人的隨身物品。」

「是誰提的？」江神自言自語似地說完，將湯匙伸向嘴巴。

「我想大家一定都有不想被別人碰觸的私人物品，但現在是非常時期，希望各位能體諒一下，互相配合。」

女孩們彼此對望，開始進行某種討論，男孩中，勉最先提出問題。

「檢查隨身物品的目的是什麼？」

「最主要的目的當然是想找到兇器。兇器應該是銳利的刀子，但現場並沒找到類似的東西，因此兇器仍留在兇手身邊的可能性非常大，所以才想檢查每個人的刀子。」

「你認爲兇手會把血淋淋的刀子放在登山背包的最底下？」

面對隆彥的話中帶刺，夏夫不知是感到意外或早料到他的反應，反而並未多說什麼。

「不知道，沒檢查前也不知道會找到什麼。你們有不能接受檢查的理由嗎？在這情況下還能讓人信服的理由。」

「沒有。就因爲沒有，所以才不反對。」勉回答。

「我也沒什麼不能見人的東西，但我不認爲這是什麼有趣的遊戲。」

勉與隆彥的口氣都不太好，可能是因爲剛才尙三與隆彥的衝突吧？這兩個團體之間確實產生了一些不愉快。

「那就是贊成了——江神，你那邊呢？」

「我無所謂，我們社員應該不會帶色情書刊到這種地方。」

「眞是從容不迫的笑話。」尙三接下來問理代與琉美，「可以嗎？」

兩人一起頷首。

「大家都同意了，那就——」

「也該問問我們吧？只問勉和 peace 而無視我們的存在？」是美加的聲音。

「我以爲勉和 peace 的回答就代表了你們全體，我沒惡意。妳們反對嗎？」尙三苦笑說。

「不，我們當然不反對，不過——我想理代與露娜應該也有相同想法——我希望我們女孩子這裡能由女孩子來檢查，希望你們能同意。」

「可以吧？」夏夫對尙三說。

「可以，就這麼辦吧！吃完早餐就開始。」

在五頂帳篷前，各式各樣的行李像在市場擺攤似地全拿了出來，裡面的東西在所有人的監視下一一取出，檢查是否有可疑物品。就如先前決定的，所有人分成男女分別進行檢查。

盥洗用具、毛巾、替換衣物、手帕、涼鞋、手電筒、雨具、相機、望遠鏡、收音機、急救箱、水壺、地圖、圓規、素描簿、驅蟲劑、撲克牌、飛盤、象棋、繩索、手套、文庫本、日記……來自城市、色彩繽紛的各種物品紛紛放置在草地上。勉與尚三這兩個團體的成員全都有攜帶刀子，我們EMC只有江神與織田有帶，看來我們在戶外活動方面還算外行。

「嘿，這個不錯！」夏夫著迷地出聲讚嘆勉從刀鞘拿出的連鞘小刀。

那是刃長約十公分、閃爍著銳利光芒的小刀，刀柄是豔麗的鹿角，簡直就是個完美的工藝品。

「一定很貴吧！這是可以用一輩子的東西，還是買好一點的划算。」

尚三拿在手上仔細檢查，那種無視這把小刀價值的態度讓勉又差點生氣，接著尚三又檢查了皮革製的刀鞘，確定沒有問題。

最後，每把刀子都沒有問題，也沒能從誰的行李中發現不尋常的東西。

「共用的東西最好也趁現在檢查。」夏夫說。

於是接下來檢查各帳篷裡的的東西，鍋剷、塑膠罐、瓦斯爐具、烹調器具之外，連食品、調味料也都仔細察看，同樣毫無發現。女孩子那邊可能是負責檢查的人很慎重，花了較長的時間。

「妳們那邊如何？」估計時間差不多了，尚三問。

「都是很普通的東西，也檢查過帶來的刀子，沒發現疑似兇器的東西。」美加說。

也就是說，沒有任何收穫。

「這麼說來，兇器到底在哪裡？」織田提出疑問，「有人另外帶了其他刀子？」

「不，或許眞正的兇器就在這些刀子裡，只是因爲已經擦掉血漬，所以無法憑肉眼看出。如果以科學方式檢查，或許會查出血跡反應——大家小心保管自己的刀子，等下山後再交給警方。」望月接道。

「不行。」江神搖頭反對，「刀子全部集中保管，以防兇手企圖煙滅證據。」

「這樣當然很好，不過，你們不是研究推理小說嗎？難道無法推斷誰是兇手？」尙三充滿諷刺地說。

我們都沒有回答。

「要怎麼做？」夕子拉回主題。

大家開始討論起來，如果有保險箱當然沒問題，但這裡並沒有任何能上鎖的東西。

「是吊起來？還是埋起來？」江神低喃。

我明白他的意思，結果我們決定埋起來——我們將所有刀子集中放進急救箱，以江神、勉、尙三、理代一起簽上名字的紙封起來，埋在我們的帳篷前，上面在搭上營火似的柴堆。換句話說，只要有人想拿刀子，一定會先弄塌柴堆，無法避人耳目。

「所謂的絞盡腦汁應該就是這樣了。」望月說。

「可是每次煮飯時都要挖起來也很麻煩。」美加說。

確實很麻煩，每次整理起來都覺得沒完沒了的。

「找不出誰是兇手嗎？」尙三說。

望月與織田被他的話激怒，雖然不太高興，仍一起前往案發現場，可能打算學福爾摩斯那樣去尋找證物吧！

「眞的發生封閉空間殺人事件了。」

帳篷內只剩下我和江神。

「嫌疑者必須與兇手一起處於封閉空間，進而造成懸疑感——這也是『暴風雪山莊』的另一項特徵。」江神的香菸令狹窄的帳篷內煙霧瀰漫。

「這是科學調查的不介入？」

「正確答案。對推理小說而言，科學調查等於是一種癌。有些大學似乎在進行如何從血液的凝固狀態判定死亡時間的無聊研究，但若採用這種方法，就有好幾成的不在場證明詭計會無效，就像在嘲弄否認火星或月球上有生物的科幻作家。」

江神很難得會對我提起這種無聊的話題，但因爲彼此觀點不同，我離開了帳篷，走向理代她們的帳篷。

「啊！有栖。」

正好碰上了理代走出帳篷。

「我想再去山崩地點看看，想找找有沒有其他下山的路。」理代說。

「露娜呢？」

「她的腳不可能走那麼遠，所以我要自己去。」

「我陪妳。」

在那之前，我想先向帳篷裡的琉美打聲招呼。

「我昨晚看到月光下的死星。」琉美突然說。

「死星？」

「我看見月亮正下方有一顆發光的小星星。依地方不同，稱呼的方式也不一樣，但都意味了死亡，也就是說，一旦星星伴隨月亮出現，就有人會死，更何況昨晚是滿月。據說熊本的某個地方每到滿月之夜，必會有人死亡。」

「妳有在研究民俗學？」我隨口問道。

「開玩笑的啦！其實有些地方認爲這代表了會有豐盛的漁獲。每個地方都有各自的民俗信仰，不能盡信的。但是，我昨晚確實看見了死星。」

我放下帳篷的帆布簾，與理代走下山，一路上沒怎麼說話。山頂雖然還有灰煙不斷噴出，卻已減弱了許多，如果沒有今天早上的事，大家的慌亂心情應該多少平靜下來了。

「有栖。」理代的聲音壓過單調的腳步聲，「你認爲莎莉如何？」

「如何？如果是問她突然失蹤的理由，我……」

「不，不是的。我是問，在你眼中，她是什麼樣的女孩？你覺得她有魅力嗎？」

我不明白理代爲什麼會問這種事，但不回答也不行——該怎麼說才好？的確，山崎小百合具有非常吸引人的地方，我不太會形容，她就像深邃靜寂的湖泊，有種難解並讓平庸的人自慚形穢的氣質。但對我來說，那就彷彿想像自己從月球上看到地球之美，但那實際上並非對我而來的魅力，因爲我有了妳，理代。

「這個……她不是一般女孩，她身上有種令人覺得不可思議的魅力。」

「我明白你的意思，因爲我自己也有這種感覺。」理代深有同感地點頭，「雖然是同性，我也覺得莎莉……怎麼說呢，她就像月亮，總是隱藏了另外一面。我沒聽莎莉主動談過男孩子，就算半開玩笑地談及時，她也只是面帶微笑地默默聽著，而這樣的她卻似乎與武彼此吸引。但如果是武，我就能瞭解了，因爲他好像也有別人看不見的一面，而且應該能與莎莉對同樣的事大笑或流淚，所以我一直覺得，喜歡莎莉的人是武實在太好了。」

毫無脈絡可循的一番話。

「爲什麼這麼說？喜歡莎莉的人是武……聽起來好像還有其他人喜歡莎莉。」

「嗯，是尙三。他喜歡莎莉。」

我太意外了！正想問她爲什麼知道時，卻因爲發覺有其他人而硬生生將話嚥下——是武！他正拚命以圓鍬挖掘崩落的砂石。

理代見狀，伸手掩嘴，明白武在做什麼的我，胸口則不禁感到一陣疼痛。

他一定是想找到小百合的遺體，雖然告訴自己小百合已經平安下山，卻還是無法就此心安，一個人繼續毫無希望的挖掘作業。他究竟在期待什麼？是想挖出小百合的遺體？還是希望什麼都挖不到？但就算什麼也沒挖到仍無法證明小百合的平安，而且這根本就是幾近不可能的挖掘作業。武就彷彿希臘神話中的薛西佛斯，毫不歇息地持續無意義的工作。

「有栖，那邊下不去嗎？」

理代難過地轉過頭，想假裝沒看到武，並指向與武正好相反的方向，率先往前走。

「不可能的，不必過去了，從這邊看也知道。雖然看起來是緩坡，但不到五十公尺就會碰到倒塌的大樹，過去的話也找不到下山的路。回去吧！」

我們聽著背後傳來武揮動圓鍬的聲音，回到方才來時的路上。

「尙三眞的也喜歡莎莉？我不覺得啊！」走了約莫五分鐘，我開口。

「前天傍晚，他來問我：『莎莉眞的說她喜歡武嗎？』我反問：『你爲什麼問這種話？』他略帶羞赧地說：『我想知道自己能不能當候補。』我回答：『應該是沒指望。』所以他後來說：『放心，我不會橫刀奪愛，剛剛的話希望妳能當沒聽過。』不過，我卻還是告訴你了。看樣子莎莉的魅力眞的很大。」理代臉上浮現虛弱的微笑，不再開口。

我對她突然而來的憂鬱感到困惑，默默走著。

7

午後，我們在EMC的帳篷內舉行第一次搜查會議。望月翻閱記事本，主持會議。

「命案發生時刻無法正確推定，但最後目擊還活著的文雄是有栖、住持、武和博士四人。這四人在廣場喝咖啡聊天時，見到文雄獨自進入樹林，時間約莫十點。」

「是的。」證人回答。

「沒有人在樹林中遇見文雄，也沒有人看見他。在黑暗中走到命案現場大概要四、五分鐘，因此只能大致推定死亡時間是在十點五分後，針對這一點對所有人強制進行不在場證明調查後，結果卻發現沒人有明確不在場證明。」

因爲沒人能證明自己從十點前就鑽進睡袋睡到天亮。很多人都是睡不著而在營地四周散步，另外，夜裡太冷，醒來上洗手間的次數也多。而且因爲大家後來都睡了，也沒人能證明「所有人全都睡著」，這等於所有人的不在場證明皆不成立，當然，最主要也是因爲命案發生時間不明確。

「現場蒐證的結果一無所獲，只有那個死前訊息。」

「那眞的是兇手的姓名縮寫字母？」

我雖然這麼問，卻完全不認爲夕子是兇手，因爲她連謀殺遊戲的兇手角色扮得漏洞百出，哪有辦法眞的殺人？其他三人好像也是同樣想法。

「這麼一來，應該不是姓名的縮寫字母了，那又會是什麼？」望月說。

「會不會是日圓的記號？」織田在虛空中劃出¥的符號。

「你的意思是他還沒寫完就死了？可是如果嫌疑犯中有圓谷之類的姓氏或帶有圓字的名字，這個解釋或許還能說得通，而且，應該也不是意指存款最多的人是兇手。」

當然不可能！

「也許是沒能寫完的『羊』或類似的字？」織田又提出奇怪論調，眞不懂他究竟在想些什麼。

「望月，根據死前訊息是無法查出兇手的。」我堅定地說，「這麼多人絞盡腦汁都無法瞭解其意的記號並沒有價值，再說，就算費心推敲，不也還是無法得到確切結論嗎？而姓名縮寫只是其中最簡單的一種解釋。」

艾勒里．昆恩不也說過，使用死前訊息很容易陷入不完全的推理，譬如屍體手上握著方糖、留下xy、寫下「臉孔」兩字、留下GI或E，或死前說出HOM……等等。

「死前訊息會依個人喜好而產生不同解釋，你還是放棄從這一點分析吧！」我說。

「有栖，你說得眞狠。既然這樣，我們該從哪邊著手？根本就毫無頭緒。」望月說。

「從動機下手如何？」

「對了，這一點也很不可思議。雖然還不知道兇手是不是他們社團的自己人，但他們看起來感情很好，如果有什麼爭執，應該可以看得出來，而且，如果兇手是其他團體的人就更奇怪了，因爲大家都是兩、三天前才認識的，至今也沒吵過架，哪來的殺人動機？」織田說。

「我在意的也是這一點。因為我回想過從我們在咖啡店相遇至今所發生的一切——包括非常瑣碎的事——就是找不出有誰會想殺文雄。」我自認回想得非常仔細，但或許還是有所疏漏，因為現在確實發生了殺人事件。

「兇手是他們自己人的推論也不合理。首先，兇手為什麼要在這種非常時刻殺害文雄，而且又是在封閉空間中？文雄雖然是一個人漫不經心地走到樹林暗處，但若兇手就是他身邊的人，照理應該等待更好的機會才對。」織田繼續說。

望月頷首附和。

儘是一些解不開的謎團，我開始頭痛了。

「什麼搜查會議啊？不過是重複剛才大家在外面說的話。」望月自嘲地將記事本扔向身後。

「江神，你的看法呢？」我問始終沉默的社長。

「什麼都不知道。」

「但是，連我們四人都無法相互證明不在場證明，眞是可笑。」望月說。

我會睡晚主要是因為很難入睡，不像三位學長令人羨慕地熟睡到天快亮……但是我絕對沒有殺戶田文雄——你們必須摒除記述者就是兇手的假設。

午餐是一碗炒飯，糧食的管制愈來愈嚴格了。被疑神疑鬼支配的一群人忍耐著漫長午後。失去主人的收音機轉給正樹保管，他靠著驚人的耐性聽了充滿雜音的收音機好幾個小時，卻沒傳出新的情報。每個人的腦海中都充滿「眞的會有救援？」的疑問。武扛著圓鍬，從正午起就進行充滿苦澀的作業，夏夫看不過去，也扛了圓鍬去幫忙；勉帶著素描簿前往觀景台；望月與織田表示「現場蒐證百次並不為過」，一起前往文雄遇害的現場。其他難耐孤獨的人都去別人帳篷串門子打發時間，我也是其中之一。

等我厭倦了無聊話題，走進樹林散步時，正好發現江神躺在文雄最喜歡的吊床上仰望鉛灰色的天空沉思。

「江神。」我出聲喊道。

「大家在做什麼？已有自己是砧板上的鯉魚的覺悟了嗎？」江神只是將眼睛轉向我。

「你自己是這種感覺？」

「我遠比你想像的還樂觀，我總認為一定有辦法的，只是我作夢也沒想到會在這種時候、這種地方發生殺人事件。」

「你認為兇手會是誰？大致上有個底了吧？」

「這……」社長搔抓下顎，「別太看得起我，我又不是超人偵探，哪能那麼輕易就找到兇手。」

「……」

「這應該是突發性的兇行吧！因為某件小事發生爭執，結果一時衝動而拔刀逞兇，兇手應該不久後就會自首了。」

「……」

「救援趕來前還有一段時間，我認為在這期間內最好耐心等待，讓兇手冷靜下來。」

「……」

「重要的是，有栖。」江神停頓了一下，顯得有些躊躇，「關於理代的事。」

「你說什麼？」

「再怎麼聊得來也該有個程度。」說完，他翻身轉向另一邊。

我不太明白他的意思，只好應了聲「嗯」，離開。

第三章　恐怖的夜晚

1

第四次的日落，第四個夜晚來臨。

晚餐菜單與份量與午餐完全相同，隆彥對此向美加表示不滿。

「這是怎麼回事？這是晚餐！至少該有好吃一點的東西吧？」

「你明知道現在是什麼情況，還講這種話？既然你認爲這種食物不能吃，那我幫你準備 peace 專用的特餐如何？把你的份量今天晚上全用光，讓你明天斷糧！」美加生氣地說。

「好好，我懂了。」

「不高興可以不吃。」

「不要這麼小心眼啦！我知道我錯了，對不起。」

勉在一旁聳肩，似乎早就司空見慣。

健行社六人、尚三等三人，還有ＥＭＣ與理代、琉美分成三個團體各自用餐。

「眞的有殺人狂嗎？」理代在飯後啜飲味道如砂土似的咖啡，忽然問江神。

「所謂的殺人嗜好症是一種精神病，譬如飲血病，如果有人罹患這種病，傷了人後，見到對方流出的鮮血就會很高興。」

「這個露營區有那種人嗎？」理代皺眉說。

「應該是不可能吧！但我不是精神科醫生，所以也無法確定。」

「不好意思，請問什麼是死前訊息？如果不是指夕子的Y，那到底是什麼意思？」琉美開口。

望月的演講開始，他講述了三個被害者留下想傳達的訊息，搜查陣營卻一頭霧水的案例，都引述自都筑道夫的評論——第一，訊息寫到一半，被害者卻已死亡；第二，被害者與搜查陣營間有認知上的差距，導致被害者留下自認易懂的訊息，後者卻無法理解；第三，兇手仍在現場時，留下兇手無法瞭解，搜查陣營才能解讀的訊息。順便一提，推理作家最重視的就是第三類的死前訊息。

「我認爲在這次的事件中可以剔除第三種情況，或許死前訊息是在兇手還在場時留下的，但當時那麼暗，兇手應該沒有發現。」

「有栖，你有什麼更好的想法嗎？符合第一或第二種情況的。」織田問。

「對了，《暹羅連體人的秘密》裡也有死前訊息！就是被害者手中握著的撕裂撲克牌。」望月不滿地低喃。

「總之，我還是認爲應該要放棄解讀死前訊息，就算可以找到巧妙解釋，也必須放棄是夕子姓名縮寫的論點。」說完，我覺得在理代面前說這些的自己有點可笑。

接下來織田低聲開始說：「動機不明是這起事件的問題點，但健行社的七人與尙三他們三人都來自同一所大學，雖然是第一次見面，但是私底下，尙三他們之中或許有人非常瞭解文雄，或是本來就與文雄有很好的交情。」

「會令人產生殺意的親密交情？信長，你是純粹想像？還是發現誰有可疑的的舉止？」

「沒有。」織田攤開雙掌。

「事情要有憑有據才能說。」望月責怪織田，接著又立刻改變話題，「露娜，月圓之夜的殺人事件會增多嗎？」

這次成爲了琉美的演講。

「美國醫學家阿諾德・李伯博士的著作中寫得很詳細，他爲了以科學方法證明月亮會令人發狂的迷信，進行月亮圓缺與殺人件數的統計，完成了能證明兩者關係相當密切的圖表。另一方面，警方自多年經驗中也知道月圓之夜的殺人事件或車禍事故都會增加，同時，消防隊也會在這種夜晚忙碌奔波於縱火事件。根據李伯博士的說明，月亮會刺激人類的攻擊性，不只殺人、車禍和縱火，其他暴力行爲與自殺行爲也會因月亮圓缺而有同樣的循環增減。」

雖然形式不同，但殺人與自殺兩者都是一種破壞的衝動。

「太陽、地球、月亮三者並列成一直線時，也就是發生月蝕且滿月最接近地球的夜晚，此時發生事件的機會不僅是平常的兩倍，事件本身也極盡變化能事。譬如，男子被歹徒用槍頂住，卻還徒手反擊，後來因爲歹徒受傷後窮追不捨，導致最後遭歹徒射殺，另外，在被同一把槍的脅迫下，不僅沒有乖乖聽話，還大叫著四處逃竄的女人也遭到了射殺。你們難道不認爲這些是破壞之相？」

「確實沒錯。」江神說。

「李伯博士以生物理論解釋這種現象……」

琉美又開始說起月亮引力不僅影響海水，也會影響人體內的水的怪異論點。

織田與望月似乎相當感興趣，琉美自己卻一臉無趣，對她來說，昨天在恍惚間所說的天使論可能遠比形而下的生物理論更具魅力吧！

「昨晚發狂的是誰呢？」望月失笑，「受到月亮影響最大的人應該是妳吧？難道妳打算像莫索爾在法庭上高呼『我會殺他是因爲月亮太皎潔了』？」

望月將卡謬的《異鄉人》當作變格推理小說閱讀，對其結構有非常高的評價。

「我沒有殺人。我因爲讚美月亮而與 kundabuffer 妥協。」說完，琉美就再也不吭聲，因爲又像昨晚似地脫口而出 kundabuffer 的術語。

「葛吉夫嗎？」江神喃喃自語。

琉美愣了一下，難道江神回送她某句咒文？眞希望他們能用塵世的語言交談。

「反正理代和露娜最好多加小心。雖然不知道是不是殺人狂，但兇手絕對就在我們身邊。」望月似乎根本沒注意到琉美的失言與江神的回應。

織田與理代也是。

月亮又開始照射下界。

※

「你知道 kundabuffer？」我略帶顧忌地問坐在帳篷前的江神。

「是 kundalini 與 buffer 的合成語。」簡短的回答。

江神——這樣說也許沒禮貌——畢竟是哲學系學生。

「你這樣說，我還是不太懂。」

「你是開始對瑜珈還是密宗產生興趣？怎麼突然問這個——你聽琉美說過了？」

我承認之前聽琉美說過，要求他解釋這兩個新名詞。

「kundalini 應該算瑜珈用語，是指人體內儲藏知覺的地方，在那裡面似蛇盤蜷沉睡的力量就是 kundalini。」

「儲藏知覺是什麼意思？」

法律系沒教這個，但哲學系教這個也很奇怪。

「你凝視著理代——」江神話一出口，我的心臟猛地跳了一下，「你有『看著理代』的這個認知，那麼，假設你夢見理代，你在夢中看著她的認知是從哪裡產生的？」

「是記憶。白天對理代的記憶產生了夢境。」

「以瑜珈的說法解釋，這是指你看著理代的經驗或感覺的殘渣被儲存在你體內。」

「而 kundalini 就在儲藏這些殘渣的地方裡？那 buffer 又是什麼？」

「這是英語的緩衝器。兩個字合在一起就有控制知覺裝置的意思。」

「葛吉夫又是什麼？」

「那是本世紀的俄國神秘學家與魔術師葛吉夫，kundabuffer 是他創造的語言。」江神微笑。

「我好像聽過這個人……」

「他是個很有趣的人。據說他曾在西藏當過俄國間諜，第一次世界大戰後，在巴黎從事超現實主義運動，並在同一時期組成教派，第二次世界大戰時，與支持納粹第三帝國思想的地政學者哈斯霍華成爲朋友，將納粹思想、魔術，與科學結合，進行靈學活動，以西藏密宗的正勾十字爲基礎，創造納粹的倒勾十字黨章，並勸哈斯霍華採用此一圖案。」江神又笑了。

原來是罕見的特殊人物！

「人類的意識分成『睡眠』、『清醒』與『自覺』三階段，被現狀所困而失去自由的現代人只處於清醒卻一無所知的狀態。有栖，你說自己現在是清醒的，只是出於你主觀的自覺，並非客觀的自覺，想要『自覺』，首先必須知道自己是個傀儡。葛吉夫說過，能讓隱士、僧侶、瑜珈三種道昇華的第四種道會引導人類的自覺。」

「江神，你有在練瑜珈？」

江神哈哈大笑，令人感到有點詭譎。就像肉體有性感帶一樣，思維也有所謂的性感帶，而我可能正好觸及江神的這部分。

「不，沒有，我連坐禪都沒有過——葛吉夫的思想是擴展人類可能性的一種嘗試，不是那種會因爲瞭解後而變得聰明的無聊東西，它是爲了讓生物更加進化。他不以夢想而滿足，還表示藝術也有主、客觀之分，只是讓人陶醉的表相屬於主觀，不值得稱爲藝術，客觀藝術必須具有物理能力，譬如，只看一眼就會傷害鑑賞者的眼睛、只要演奏就會讓水凍結的音樂、只要朗誦就會使牆壁崩塌的詩歌。」

「那你正在創作的小說《紅死館殺人事件》屬於哪一類？」

「我不可能寫得出那種東西吧！但如果寫得出來不知道有多好，讀者們只要讀了立刻會罹患紅死病、發高燒死亡的推理小說……似乎不錯啊！」江神說，忍住大笑的衝動。

江神可能被十六日夜晚的月亮影響了吧？他看起來與平常不太一樣。我將雙掌置於胸口，試圖找出在自己體內流動的潮流動向。

江神雖然還想解釋七項中心、八度音階法則之類的奇怪概念，但我可是敬謝不敏。

「總之，也算學到了一些東西。」我站了起來，「也是被 kundabuffer 影響的葛吉夫怎麼知道這些事？」

「可能是造物主也很放心吧！因爲那是人類知道後也不能怎麼樣的祕密，就算想對抗，也不是只要拚命幻想令 kundabuffer 疲乏殆盡就能成功的，人類應該沒有勝算，但這個對抗過程可能會成爲一種主觀藝術吧——現代人已經無法擺脫 kundabuffer 的控制了。」

連江神都開始說起奇妙的存在哲學，我開始覺得自己處於不同的世界了。kundabuffer 似乎是被移植到人體的脊椎末梢，受它影響而處於催眠狀態的人是還活著或已死亡了呢？

但我很清楚一件事。

這其中纏繞了名為殺意與名為戀愛的幻想。

2

我與夏夫喝咖啡閒聊時，地面突然有些搖晃，熱咖啡從我手上的杯子杯緣溢出。

「可惡，又是地震。不會又要噴發了吧？拜託不要！」

「就算不想，它還是可能會噴發。」一旁的織田似乎覺得很有趣，「不過你也別擔心，你看，現在不是停了嗎？」

的確，地面很快便停止搖晃。

我們之間出現短暫沉默。每個人似乎都在猜測剛才的小地震應該視為哪種程度的警告。

「我有不好的預感。」正樹說。

「你是被嚇破膽了。」隆彥拍拍正樹背部，臉上卻多少透露出內心的不安。

「勉去素描了，不要緊吧？」正樹冷靜地說。

「這種程度應該沒事，但那傢伙也真是的，晚上只能看到山或樹木的黑影，有什麼好畫的？」

「在觀景台可以看到晚上的山巒。你沒到觀景台看過嗎？」

隆彥搖頭。

此時，武慢慢地從樹林中走出，淡淡說：「有點恐怖。」

「武，有看到勉嗎？」正樹問。

「看到了，他在老地方畫畫，地面搖晃時我們正好在一起，但他說這沒什麼大不了，然後繼續畫畫。眞有他的。」

「尙三在哪？」夏夫啜著咖啡，突然想起。

武走了過來，坐在我與夏夫之間。

「他嗎？他可能在附近閒晃吧？那傢伙自從來這裡以後就有些沉不住氣。」

腦海中掠過理代的話，我思忖：尙三可能因爲想著小百合而無法保持平常心吧！但可笑的是，我自己也是同樣情況。

「現在這種情況當然無法冷靜。已經有三十分鐘左右沒見到他人了，可能是去散步了吧？」

「他還眞有膽。」一旁的望月開口，「昨天晚上剛發生殺人事件，今天晚上卻又是素描、散步的，如果是我，我才不會做這種事。」望月拿出白天拍完的三十六張底片，然後裝入新底片，同時絮絮叨叨地低喃。然後他看了手錶一眼說，「該睡了吧？已經十一點了。」

女孩們都在帳篷裡，好像都已就寢，江神也在帳篷裡。

「去睡吧！」隆彥與正樹也紛紛站起來說。

我們各自鑽進自己的帳篷。裡面的江神正安靜地熟睡，連個打呼聲都沒有。

「好一張無辜的臉。」織田說。

「噓！」望月豎起手指。

那是有如佛陀圓寂似的有趣睡容。

我們輕手輕腳地鑽進睡袋，閉上眼準備睡覺，但根本沒有入睡的時間。

「又地震了！」望月最先出聲。

身體下方的地面傳來震動，然後整個帳篷開始搖晃。震動一直沒有停止的跡象，沒多久，高處傳來炸彈爆炸似的爆破聲。

「來了！」

我們立刻坐起來。

「又爆發了嗎？」江神也醒了，抬頭問我。

「嗯，怎麼辦？要留在原地嗎？」我問。

同一時間，帳篷頂上響起砂粒嘩啦掉落的聲音，很像昨天火山爆發時的樣子，或許同樣猛烈。

「到樹林裡好像比較安全。」望月已經站了起來，「走吧！叫其他人一起走！」

但我們出帳篷時，其他人已經三三兩兩地跑向樹林。看樣子我們算慢的了。

山頂有鮮豔的橙光。

「眞壯觀……」望月嚥下一口唾液，取出原本放在枕頭下的相機，朝山頂按了兩、三下快門。

「行了，走吧！」語畢，望月與織田拔腿向前跑。

但我沒辦法，因爲還有琉美！她沒辦法跑，我得與理代扶她一起走。

「有栖，我也去。」江神對跑向理代她們帳篷的我說。

「好。」我回答，內心非常感激社長。

火山碎屑掉在又停下朝山頂按快門的望月附近，他發出怪叫，跳了起來。

「白癡！你以爲自己是戰地記者嗎？」織田咆哮。

兩人隨後並肩衝入樹林。

我瞥了他們一眼，與江神衝進理代她們的帳篷。

「啊！有栖，快來幫忙！」

理代正好以肩膀撐住琉美站起。我與江神各由左右兩邊代替理代扶住琉美。

「對不起……」琉美臉色蒼白，無力地說。

「還是我背妳吧！來，上來，緊抓住我。」江神蹲下。

琉美緊伏在江神背上。

「走了！」江神盡全力開始狂奔。

理代拿了琉美的枴杖跟在我與江神後面，我們穿越不斷落下的熱砂與灰土，由背著琉美的江神帶頭奔進樹林。

「好燙！」理代脖子與手臂被熱燙的砂粒打到，不禁大叫。

進入樹林後，至少可以不必再洗細石浴了。我們四人蹲擠在枝葉濃密的大樹下。轟隆隆的爆發聲與大地的搖晃一直沒停過，彷彿置身於地獄深淵似的。琉美緊抓江神右臂，理代咬住下唇，凝視腳邊的地面。

遠方傳來樹枝折斷與重物墜地的聲音，還有某人的尖叫。

「那會是誰？不要緊吧？」理代傾訴似的眼眸望向我。

我覺得剛才的聲音很像是望月的。我看了一眼手錶，現在正好是零時剛過。竟然選在這種時候爆發，黑夜還很漫長啊！我定定凝視錶面，螢光秒針超然地不停前進。

零時十五分，爆發總算停了，地鳴也如潮水似地遠去。琉美仍緊抓江神，但力道已比剛才小了許多。

「沒有我想像的嚴重。」我吐了一口氣說，「得救了。」

「暫時是……」理代也抬起頭，深吸了一口氣。

琉美終於放開江神的手臂，但我仍一動也不動。從樹梢的輕微婆娑聲能知道大地還在震動，我想再觀察一段時間。

零時三十分，搖晃終於停止。

「好像沒問題了。」我好不容易恢復平常心，「可以解開安全帶了。」

琉美噗嗤地笑了。

「大家應該都沒事吧？這附近好像沒有其他人。」江神對我說，「要一起去找找看嗎？啊，不用，你還是留在這裡陪理代和琉美吧！」

我點頭，三人目送江神的背影溶入黑夜與灰霧之中，默默地等待。

「有人說話的聲音。」良久，琉美低聲說。

的確有幾個人在講話，其中還間雜很清晰的一句「找到了嗎」。

「好像出了什麼事。」我望向兩人，「我過去看看，可以嗎？」

「嗯，我也有點擔心，你去看看吧！」琉美說。

留下她們兩人雖然有點不安，但我很在意究竟出了什麼事。我留心腳下的狀況，像要揮開黑暗似地以右手摸索前進。

聲音愈來愈接近了，我聽到「頭部被打到……」、「最好還是不要動……」的交談聲。似乎有三個人。隨著不斷地前進，視野中緩緩出現三道人影。

「怎麼回事？」我一問，三人立刻回過頭來，「江神，我是有栖川。發生了什麼事？理代和琉美很擔心，叫我過來看看。」

人影是江神、織田和夏夫。

「嘿，有栖！能再見到你眞令人高興。」

我的腳邊傳來望月的聲音，低頭一看，他正靠坐在樹幹下。

「我剛才差點死掉。」

「什麼？」

織田指著上面，我抬頭，發現幾根樹枝斷裂垂下。織田接著又指向望月身邊，我的視線隨之移動，發現地上有顆橄欖球大小的火山彈。

「這東西砸下來了？你不會是用頭去頂它吧？」

「別亂說！」望月無力地揮揮手，「它掉在我旁邊大約一公尺的地方，我嚇了一跳摔倒，頭撞到這棵樹的樹幹。」

「你最好坐著別動。」夏夫拿起望月掉在一旁的相機，確認沒有損傷後，交還望月。

「你昏迷了大概十分鐘，最好還是別太勉強。我去汲水幫你敷頭。」

「不必了啦！這種時候去那麼暗的溪邊才眞的會被擊中頭。我沒有想吐的感覺，只要再休息一下就好了。」望月說。

夏夫卻拿了手電筒與塑膠桶朝帳篷走去。

「這傢伙不錯。」望月淡淡地說，「如果不是他發現，我大概還要躺很久。」

「是夏夫發現你的？信長呢？」

「我？我們進入樹林後就分開了，因爲望月說想再拍些火山噴發的照片，我就自己先跑進樹林深處了。」

「你還眞無情！」

反正平安就好，頂多後腦腫一個大包吧！不過，其他人呢？武、尙三，還有隆彥他們呢？

「喂！大家沒事吧？」

我們朝四面八方叫喊，黑暗中傳來陣陣回音。我仔細聽，發現左右兩方分別傳來武與正樹的聲音。武可能就在附近，但正樹的聲音很微弱，好像在很遠的地方。

「回去拿手電筒吧！這麼暗，沒手電筒很危險。」

江神與我摸黑回帳篷，拿了手電筒後又回樹林。

我先將理代與琉美從黑暗中救出；武靠燈光找到我們，他身上有輕微擦傷，並無大礙；正樹發出叫聲，我們朝聲源走去，找到一樣平安無事的他；不久，女孩們的聲音從三個方向傳來，她們大概是四散逃開或在樹林中分散了吧？最後，另一個方向響起隆彥的聲音——「龍子，妳沒事吧？」

「喂！大家別再玩捉迷藏了。」織田朝各個方向揮動手電筒。

不久，所有人都平安地出現了，還有一道拿著手電筒照過來的人影。我們也以手電筒照向對方——是勉。

「勉，你沒事吧？」夕子高興地說。

勉還是拿著素描簿。總覺得好像很久沒看到他了。

「我沒事。火山停止爆發後，地面還持續在搖晃，所以我趴在原地觀察情形，聽到大家的聲音後，我想應該沒問題了，所以就過來了。大家都還好嗎？」

織田正說明望月九死一生的經過時，夏夫帶著塑膠桶回來了。

「望月，久等了！」

望月輕輕點了一下疼痛的頭道謝。

「這樣，大家應該到齊了……」織田說。

「尙三呢？」正在擰扭毛巾的夏夫停下動作問。

沒人見到尙三，難怪總覺得少了個人！大家都有不祥的預感，已經一點了，火山暫時停止活動也三十分鐘了，卻只有他至今仍不見蹤影，這絕對不尋常！

「大家帶著手電筒到樹林裡找人，他可能像望月一樣倒在某處，女孩們回帳篷等，望月也回去休息。」江神又補上一句，「每組兩、三個人，分成三個方向搜尋。」

三組各爲江神、織田和我，勉、隆彥和正樹，武和夏夫。我們大喊尙三的名字，在樹林中找尋他白色運動外套的身影，三十分鐘後，各組集合，發現沒找到人，便擴大搜索圈又找了四十分鐘，還是一無所獲。

「眞是奇怪。」我不自覺地低喃。

兩點半過了，然後是三點，我們精疲力竭地第三次集合在最初的地點。

「找過觀景台了嗎？」江神問在那個方向搜尋的隆彥等人。

三人一起搖頭。

「雖然不太可能，但他會不會是地震時從那裡摔落？」

「那是不可能的，江神。因爲我一直在那附近，根本沒看到尙三。不過，觀景台東邊附近倒是有個地方滿危險的，那裡沒有柵欄，再過去就是斷崖了，雖然平時不會靠近，但……」

「好！我們去那邊看看。」江神擦拭額頭的汗水，「如果還是沒找到人，搜索就先告一段落，天亮後再重新開始。現在這麼黑，要擴大搜索範圍非常危險，更何況我們若不休息也會累倒。」

大家一致贊成。到勉說的地點查看後，卻沒發現有人滑落的痕跡，於是搜索暫時告一段落。

3

我們在天色大亮前假寐了一會兒。

隨便吃過早餐，我們再次動身尋找尙三。在朝陽下，我們先從帳篷附近著手，於昨晚找過的地方再次搜索，然後逐漸擴大搜尋半徑。

朝陽下的矢吹山山頂仍持續朝上空噴發濃煙，卻也被強勁的西風吹向東方，飄落的火山灰已經沒有那麼令人無法忍受。儘管地鳴聲不再，噴發濃煙的聲音卻氣勢驚人。

「這座山眞令人搞不懂。」望月踢著火山碎屑，「它到底是已經靜止了，還是會發生規模更大的爆發？碰地一聲爆發，讓大家陷入了恐慌，頂多十五分鐘後又突然靜止，都快讓人沒什麼危機感了。」

確實是有這樣的跡象。如果火山不再活動，望月一定會最先想到秋天要出版的社刊，而且連夕子與龍子昨天晚餐過後也開始玩起了撲克牌，就與文雄被殺害一樣，火山爆發也有如夢境似地摻雜了非現實感。

「如果在這種地方就糟了。」織田拂開蘆葦叢，「還好沒有。啊，大草蚊！這傢伙。」

「那傢伙究竟跑去那裡了？不會因爲嚇壞了，連走都走不動吧？」

一色尙三到底怎麼了？是因爲晚上散步走得太遠，遇上了什麼意外嗎？我們的搜索圈已經很大了，而且是名副其實的地毯式搜索，不論尚三平安與否，還沒找到他實在是一件很奇怪的事。他眞的在黑暗中搞錯方向而摔落崖底了嗎——雖然可憐，但我漸漸認爲這種解釋是最合理的。

將近中午，我們仍沒有任何發現，四周開始瀰漫絕望的氣息。

我們回到帳篷集合，大家都覺得這件事實在令人費解，夏夫還頻頻說「奇怪、眞奇怪」。

「不見了。」夕子的眼神似在凝望遠方，「他像莎莉一樣，突然不見了。」

我心中一顫，有這種感覺的只有我嗎？莎莉——山崎小百合突然消失，雖然離開的原因不明，但至少有留下紙條，這是她與尚三失蹤最不一樣的地方，然而，兩人的消失都令人印象深刻，難道這兩件事有什麼關連——我實在想不透。

「和莎莉不一樣。莎莉有留下紙條告訴大家，她要下山了。儘管沒說出理由，但我們至少知道她下山了，但尚三出意外的機率很大，因爲火山爆發前，他還在這裡。」勉緩緩說。

「莎莉在火山爆發前夕也沒有奇怪舉動。」夕子仍凝視半空，「而且，最奇怪的就是兩人離開後都發生了火山爆發，這到底是爲什麼……」

這應該純屬偶然，誰都無法預測矢吹山會噴發。

「這沒什麼好奇怪的，莎莉離開時，發生火山爆發只是剛好，尚三則是在火山爆發後失蹤，火山爆發就是他失蹤的原因。」勉的語氣似在責怪夕子不懂事。

但……我還是不懂！我很想知道尚三現在究竟怎麼了？人又在哪裡？

「這已經是第三個人了。」龍子略帶顧忌地低聲說，「已經有三個人不見了，而且都是在晚上失蹤。每到天亮，我們就少了一個人，已經連續三個晚上了。」

若以驚悚作家史蒂芬・金的表現手法來說，這就像在黑暗中被某種東西親吻，並清楚感覺到恐怖的腳步聲逐漸逼近。龍子剛才的低語讓我有不知置身何處的恍惚感，在這個未知的地方，我的命運將會被沖往何處？

「大家都避免談到最壞的情況，那就讓我來說吧！」隆彥叼著菸，一臉不耐，「尚三不是失蹤也不是發生意外，而是和前天晚上的文雄一樣，在某處被某個人殺害——應該不是只有我這樣想，不是嗎？」

還是說出來了。其實我也在懷疑，兇手可能藉著第二次的火山噴發而遂行第二件兇行，所以才會覺得龍子剛才的話令人毛骨悚然。

「如果我們之中的殺人兇手在殺了文雄後還企圖殺害尚三，趁大家陷入火山爆發的恐慌時就是最好的機會，而且，大家在黑暗中都走散了，換句話說，每個人都有機會動手。」

我企圖反駁隆彥——我、江神以及理代、琉美四人一起跑進樹林，直到火山停止爆發前都在一起，照理說，我們四人的不在場證明絕對成立，但仔細一想，火山停止爆發後，江神隨即去察看大家的情況，我聽到談話聲後也離開了原地，也就是說，那段時間裡，我與江神都是一個人，雖然理代與琉美一直在一起，卻也不得不懷疑她們是否爲共犯，因此，我才沒有堅持自己的不在場證明。

「既然是利用發生騷動時逞兇，就絕對是突發性的兇行。」隆彥逕自說，「在一片漆黑的混亂中，大家怎麼找也找不到尚三，但兇手找到了，並利用了這個千載難逢的機會。」

氣氛更加凝重，隆彥嘴上叼著的香菸菸灰掉落至他的膝蓋。

「你是要提醒大家兇手就在我們之中吧！」夏夫的語氣帶了幾分冷漠，「而且還企圖連續殺人——太過分了！究竟是誰？」

「是傑森！」夕子的聲音虛浮，「電影《十三號星期五》出現的殺人魔傑森！他戴著面具，揮舞斧頭或鐵鍊，逐一殘酷地殺掉像我們這些來露營的年輕人……啊！」夕子說話的速度由緩漸快，最後突然叫出聲，抱住自己的頭，歸於沉寂。

「不要說了！」勉好像也覺得有點恐怖，「這種時候不要講那些會讓人害怕的話。什麼傑森！無聊！」

「更何況今天是三十日星期六。」織田說。

好長一段時間過去，沒有任何人出聲。這時，我倏地抬頭望向上空，好幾個人也同時抬頭——雖然聲音很小，但我聽到了疑似直升機的聲音。

「在那邊！」武指著西邊的天空。

然而，天空不只覆滿了火山灰，還有厚重的雲層，所以雖然有聽到聲音，卻無法見到機體。螺旋槳的聲音逐漸遠去，然後又再接近。我們祈禱直升機能從雲縫中出現，但直升機的聲音一直沒有轉大。

「風太強了。」美加一手遮在眉頭上方，仰望天空低喃，她的長髮隨風飄飛，纏在手上，「山頂還有小型噴出物不斷飛出四射，上空的風又特別強，你們看，低處的雲流動得很快。」

我們雖然繼續望向天空祈禱，但直升機的引擎聲仍無情地遠去、消失。

4

午餐後，大家再度尋找尙三的下落，可能是因爲上午的地毯式搜索毫無收穫，大家都覺得再繼續下去也是白費工夫，所以周遭籠罩了一股灰心氣氛。

望月託稱下山時必須提供警方充分資料，便帶了相機四處拍照，包括各帳篷的位置、文雄遇害的現場、觀景台附近、前往小溪的路、作爲洗手間的帳篷，全收進了他的底片中——原來如此，只要照片一洗出來就能製成露營區的地圖了——他還拍攝了衆人尋找尙三的樣子，不過……這應該只是因爲他想照才照的。

「夕子，打起精神。」語畢，他將鏡頭轉向夕子。

夕子回頭，比出V的手勢。

緊張再次緩和，恐懼與不安也如浪潮般退去。

拍完靠著樹幹抽 peace 休息的隆彥後，三十六張底片也快用完了，望月看了計數錶，嘖聲說：

「糟糕，浪費太多了。」

※

「一味地害怕也沒用。」

我在樹林中散步時聽到有人的聲音，慌忙停下，從樹幹後窺看聲音來源——是隆彥與龍子。

「妳比夕子堅強許多，所以我不怎麼擔心，但是千萬不要被擊垮了，我們必須忍耐到獲救。」

龍子頷首。

隆彥忽然蹲下，撿起一個啤酒罐拉環。

我想起來了，三天前他在這附近與尚三一起喝啤酒。

「我喜歡妳。」他拉起龍子的左手，將拉環套進她的無名指。

「我也是。」龍子以雙掌包住隆彥的手。

我悄悄離開，心想：莎莉失蹤，然後是尚三，不，也許該說莎莉失蹤，然後是莎莉的戒指也跟著失蹤……

※

夜晚在些微的恐懼中來臨。月亮高掛空中，彷彿才回神，它就已經在那裡了。

爲了不讓更克難的晚餐影響到心情，大家拚命地聊天，話題盡是一些興趣或嗜好，但我們推研社的人都一致地避開殺人故事不談。

飯後，各人分開行動。勉拿了素描簿準備離開。隆彥要他別去了，但勉毫不在乎，似乎不認爲有殺人魔在附近徘徊，甚至還笑說如果火山再次噴發，觀景台附近正好有很多大樹可以避難。

沒錯，恐懼感再度逐漸緩和了。

武、正樹、織田好像也覺得回帳篷太過無聊，便在樹林進出徘徊，遇上人就坐下來聊天。

「有栖，喝杯咖啡吧！」夏夫叫住我。

他總是在泡咖啡時叫住我。我回答好的時候，理代正好走出帳篷，我邀她一起喝咖啡，她說聲謝謝，朝我們走來。

「琉美呢？」我問。

「剛剛去上洗手間還沒回來……啊，在那邊。」

琉美坐在樹林前，靠著樹幹眺望陰霾的夜空，好像在爲缺憾的月亮嘆息。

「她大概是想獨處吧！她總是喜歡獨自一個人。儘管腳受傷，又不知道什麼時候火山會再次噴發，而且又發生了殺人事件，她還是不喜歡兩個人在一起發抖。」

月亮女孩……

「江神和望月呢？」夏夫問。

「社長也很了不起，他說要去吊床沉思。雖然那裡好像很安靜，但一般人都覺得有點可怕吧！望月一直在帳篷裡，你們猜他在做什麼？他也不是普通人——他正藉著燭光閱讀推理小說。」

「眞是！簡直是病入膏肓。」

「健行社的女孩們由 peace 當保鑣去洗碗盤，我因爲要照顧琉美而有免洗特權，但她……」理代輕輕抱怨。

我看向琉美，她正對著自雲縫間露出的月亮微笑。眞的是個月亮女孩！

我低頭看錶，時間是九點半。

一陣風吹過，樹梢響起沙沙聲，其中還夾雜了異樣的聲音。等明白那是什麼時，理代比我更早尖叫出聲。

「尙三！」

某處傳來了尙三五音不全地唱著〈快樂的露營〉的歌聲。

好快樂！忘不了去年夏天露營的回憶。很快又是一年，今夜回到這裡，吹掠過松樹的風同樣吹向天空。

尙三回來了嗎？但人都還沒出現就突然大聲唱起歌是怎麼回事？

「那傢伙在幹什麼？」夏夫放下咖啡杯。

「怎麼了？怎麼了？他人在哪？」望月衝出帳篷跑了過來。

傳出聲音的樹林一直沒見到尙三走出來。

等了又等，假期終於來臨。這裡的露營之夜，營火熊熊燃燒，照著我們臉龐。

難聽的歌聲持續，怎麼想都覺得非常奇怪。

「過去看看。」我站起來。

理代有些猶豫地跟在夏夫與望月後面；織田從樹林中走出來，四處張望卻沒見到尙三，疑惑地偏偏頭；江神也出現了。大家對望一眼，又看向聲音傳出的方向。

這時我才注意到不對勁的地方。這是第一天營火晚會時，尙三唱過的丹麥民謠，他說這是他當童子軍時學會的，但重要的是，仔細一聽，他的歌聲中竟摻雜了其他人說話的聲音，過沒多久還響起了掌聲。

「這是錄音帶……」夏夫說。

應該沒錯，這個歌聲不太自然，一定是夕子在營火晚會時，以手提錄音機錄下的聲音。

「這是惡作劇？」望月生氣地說。

沒錯！是惡作劇，而且是居心不良的惡作劇。竟然有人會在這種時候做出這種事！

「先找出聲音來源，錄音機應該放在某處。」江神說。

武從小溪那個方向出現，隆彥也與女孩們一起來了。他們立刻就知道這是錄音帶，卻因爲不知道是誰、爲什麼要播放而驚訝。

「這是我錄的帶子！」夕子尖聲說，「太過分了，這是什麼餘興節目！可惡！」

「我去陪琉美。知道是惡作劇，反而更覺得恐怖。」語畢，理代回到琉美身邊。

我們繼續朝歌聲的來源前進。

合唱高亢，男孩們的歌聲飛向天際，

爲了人們與世界和平，用盡一切力氣。

這種歌詞還眞是適合童子軍。

途中，沒有帶著素描簿的勉也來會合。

可能是掛在某棵樹上吧！音源一直維持在耳朵附近的高度，卻還沒找到那棵樹。

「是在更裡面嗎？」隆彥用手電筒照向前方。

但前方只有枝幹重疊的陰影，我們於是繼續前進。

啊——我們的歌聲強壯有力。

尙三唱完，又是一陣掌聲。然後是望月的聲音「謝謝，我終於有了唱歌的勇氣」。那是似曾聽過的話語，被放大的笑聲卻令人覺得滑稽。

「我受不了了！」夕子不高興地說。

「就在附近！peace，照那邊！」

隆彥的手電筒照向美加所指的方向——看到了，夕子的紅色錄音機掛在約五公尺前的粗大樹幹上。

錄音帶仍持續播放——「接下來是英都大學演歌之星望月周平的演唱，歌名是……」

江神關掉錄音機，錄音帶中的織田聲音啪地中斷，周遭恢復靜寂。他從樹幹上拿下錄音機，遞到夕子面前。

「確實是我的，裡面的錄音帶也是。」

江神沉吟片刻，倒帶捲回一部分後，按下播放鍵。一開始沒有任何聲音，沒多久便突然響起尙三的歌聲。

「被動了一點小手腳。有人將錄音帶前面的部分洗掉，只留尙三的歌聲。」江神按下停止鍵。那是單面長度三十分鐘的錄音帶，尙三的歌聲在中後部分。

「原來如此。這表示這個惡作劇是三十分鐘左右前設下的，兇手掛上錄音機，按下播放鍵後，若無其事地回到大家身邊，錄音機播了二十幾分鐘的無聲帶子，最後才響起尙三的聲音，然後兇手再裝蒜說『到底怎麼回事』。這麼看來，有必要調查每個人在三十分鐘前的不在場證明了。」正樹說。

「錯了。」望月得意地說，「這傢伙不見得是在三十分鐘前設下這個惡作劇，可能是二十分鐘或十五分鐘，甚至是十分鐘前。」

很難得地，望月的論點獲勝。

「作這種事有什麼好玩的！那傢伙是笨蛋嗎？」夕子因爲自己的東西被拿來惡作劇，似乎非常氣憤。她從江神手上拿過錄音機，檢查是否有損傷，然後一臉嚴肅地問，「到底是誰？請坦白說出來。」

沒有人回答。但是，在這種時候做這種事，會是單純的惡作劇嗎？

「怎麼盡是發生一些壞事？」龍子哀傷地說，一臉漠然地凝視夕子手上的錄音機。

回到帳篷前，理代與琉美正等著大家。

「很過分的玩笑！」夕子以誇張的肢體動作說明了事情始末。

理代她們不禁一愣。

我還在懷疑這是否爲單純的玩笑時，其他人似乎已不放在心上了。

我以爲勉要去拿回丟在觀景台的素描簿，結果他竟然說要換個地點繼續畫畫，其他人則像騷動發生前那樣各自散開。

龍子說得沒錯——怎麼盡是發生一些壞事？

5

我在做什麼呢？

我只是在樹林裡徘徊，許多事在腦海裡浮現，然後消失，還有今天見到的理代的幾種表情。

十一點了，該回去了。我走向帳篷時，發現遠處有三、四支手電筒燈光彷彿螢火蟲似地搖晃，我茫然地望著，繼續往前走。

一束燈光搖晃著接近我，在能看清對方的臉孔前，望月的聲音響起：「有栖嗎？」

「是我。你是因爲擔心才來找我的嗎？我正準備回去睡了。」

「嗯，我是很擔心，還好你沒事。都已經十一點了，你卻還沒回來，所以江神要我來找你。勉和琉美也還沒回來。」

北野畫家和露娜也老是令人操心，但我也沒資格說別人。

我和望月一起回到帳篷，健行隊的三位女孩與理代正在等著。

「露娜也沒守門禁？」

「是呀！拄著枴杖居然還到處亂走，眞是的！」理代抿唇說。

我覺得自己好像也被數落了。

「好像……」龍子似乎想說什麼，欲言又止地，被催促後，才又像平常一樣小聲地說，「好像在玩謀殺遊戲。」

我驚呼一聲，環視周遭樹林。到處都有電力螢火蟲飛舞。糟了！有人手上握了黑桃A啊！江神太疏忽了，不，大家都是笨蛋！

難以言喻的不安湧上，彷彿要衝破胸膛，就在此時，一聲男人的慘叫撕裂黑夜。

出事了！一瞬間，我們全愣愣地相互對望，沒人知道那聲慘叫代表了什麼意思。

「我去看看。」望月無法再忍，著急地說。

我也拿起手電筒。本以爲女孩們會畏縮，但事實正好相反，沒人願意留在帳篷。

「我們也要去。」美加堅決地道。

「我也是！」關心琉美安危的理代接口。

我們六人朝慘叫響起的方向小跑步前進——是小溪的方向。我心跳加速，一陣冰冷掠過背脊。

進入樹林後，隆彥從右邊，江神從左邊衝出來，是名副其實的「衝過來」，我再度驚呼出聲。

「是小溪的方向吧？」

隆彥確認道，江神輕輕點頭，朝那裡大叫。

「喂！怎麼了？你在哪裡？」

「在這裡，快過來！」

樹林深處傳來武狼狽的聲音，路況愈來愈糟，我們點亮全部手電筒前進。

「喂！到底怎麼了？」織田從背後追了上來。

正當我察覺旁邊有人跑來時，立刻與夏夫撞個正著。隆彥越過我們，一個勁兒地往前跑。

爬上緩坡，前面不遠處就是樹林盡頭。從這裡往南是我們的帳篷，往北下去就是小溪。

我們穿過樹林來到矮丘。

「在那邊！」隆彥指著。

從雲層間露出的月亮正好照亮四周，我們彷彿見到超現實主義畫家德爾沃的夢幻繪畫——武背對我們站在矮丘中央，失去靈魂似的背影彷彿正在等待月亮走下階梯的瘋子，他身旁是拄著枴杖、臉色蒼白地面向我們的琉美，有如來自月亮的使者，一點表情都沒有。

武的腳邊是一個摔壞的手電筒——似乎是因驚愕而失手摔落——以及一具倒臥血泊中的屍體。我伸手扶住踉蹌的夕子，大家都不聲不響地愣在原地，就像在我們趕到之前的武與琉美；晚一步抵達的織田與夏夫驚叫出聲；隆彥伸手扶住快暈倒的龍子。

大家都到了，我想起還沒確認被害者的身分。環顧四周，並沒見到勉。

「果然是勉嗎？」江神走近武，低頭注視屍體。

我提起勇氣上前，是勉的服裝沒錯，頭部還有被壓住一半的素描簿。

所有人都微微向前靠近屍體。

「出血嚴重，應該又是被刀子刺死的，而且附近同樣沒見到兇器。」夏夫上前站在江神旁邊。

「似乎是胸口被刺，讓他仰躺看看。」江神努力保持冷靜的語調。

被江神要求幫忙，夏夫雖然有點畏縮，卻果斷地下定決心，抓住屍體右臂。

「翻！」抓住屍體右臂的江神發號施令。

勉的屍體面向星空。他的左胸被刀子刺中，傷口上的衣服有裂痕，藍色運動外套變成紅色，臉上經常日曬的健康膚色也成了灰黑色，令人不忍卒睹。

連續殺人。兇手已瘋狂地愛上謀殺遊戲而無法停止了嗎？這兩起事件有如兇手獻給推廣謀殺遊戲的推理小說研究社的牲品，對兇手而言，或許被害者是誰都無所謂，他抱持殺意進入樹林遇見的第一個人就是可悲的活牲。沒錯，這是謀殺遊戲！以熄燈——也就是日落與月出爲暗號——而開始的破壞遊戲。

「是我發現的，因爲他說要畫別的景物，所以我想也許是視野開闊的這一帶，果然……」武的額際冒出冷汗。

冷靜地站在武旁邊的琉美則與他形成明顯對比。

「露娜，妳怎麼會在這裡？」理代憤怒地問。

「我想差不多該睡覺了，但已經不知不覺地走到樹林深處，我心想，從這個下坡回去應該會比較快，後來聽到武的叫聲而過來看看，沒想到……」琉美緩緩轉身面向她說。

如果是琉美，的確可能在不知不覺中走到這種地方。

「江神，又出現了！」夏夫好像看到腳邊有噁心的爬蟲類似地大叫，聲音中帶有恐懼。

我走近，想知道夏夫看見什麼。循著他的視線望去，是勉的遺物——打開的素描簿。上面的東西好像似曾相識，不錯，是曾在哪裡見過！那是死者拚盡最後一絲力氣留下的血字。（見左圖）

「y？」我覺得是，卻又感到無法置信，想徵求其他人的同意。

「有栖，你也這麼認爲？果然是y？」夏夫說。

再度出現的死前訊息有什麼更深的意義？而且還是二度出現的英文字母第二十五個的y。

江神檢查屍體右手食指，上面黏著生命的顏料，他接著又讓五根彎曲的手指張開，似乎在測定死後僵硬程度。

「誰最後見到勉？誰知道他在這裡素描？」江神問大家。

無人應答。不，有也不可能舉手。

「勉應該是想藉繪畫忘掉不愉快的事。」美加凝視勉的遺體，靜靜地說，「他說自己如果不全神貫注於某件事就會坐立不安，而且決定要來露營的人也是他。」

江神坐在屍體旁，擺出拿著素描簿的姿勢——勉總是挺直腰桿坐著，面對他要畫的景物。

「勉像這樣坐著。」望月低聲說，「兇手悄悄接近，大概是從背後抱住他，將刀子刺入他左胸。」

「怎麼知道是從背後？」武首度開口。

「想從前面一刀刺進心臟有點困難，首先，他正在素描，有人站在他面前相當不自然，而且，如果要站在他前面，兇手就必須站在山丘斜坡邊，雖然摔下去也不會受傷，但有這個必要嗎？」

「喔！」、「原來如此」的聲音紛紛響起。

「另外，如果真的是從背後抱住勉、手伸至前面行兇，勉流了這麼多血，兇手的手一定也都是血。」織田說。

夏夫用力頷首，指向屍體右肩——雖然不是很清楚，卻仍能看出是一個右手掌的血印，從位置與形狀來看，應該不會是勉的掌印，而且他的右掌也沒那麼髒，所以應該是兇手企圖以被害者的運動外套將右手血漬擦拭乾淨時而留下的。

「兇手的手印嗎？」望月沉吟。

沒錯，這是宣告殺人犯就在此地的恐怖鮮明烙印。

「以運動外套擦手？這樣還是毫無線索。」望月思索低喃，「沒留下指紋或掌紋，也無法掌握兇手的手掌大小或形狀等特徵，只知道是人的右手……」

眞的太可惜了！這是兇手首度留下的痕跡，我們卻無法從中找出任何線索。

「只知道一點。」我說出自己的想法，「這個兇手是右撇子。」

當然不會有絲毫佩服、讚嘆的聲音。

「你說得沒錯。如果這是左手的血印，事情就會出現戲劇性的發展了。」望月說。

「有人是左撇子嗎？」江神為求愼重起見地問。

沒有人回答。

「我在用餐時注意過，每個人都是右撇子。」望月自傲地展現其敏銳的觀察力。

「犯人拿兇器的右手一定被死者的鮮血濺到了。」江神環視眾人，「兇手絕對得去洗手。」

我這時才注意耳邊有小溪潺潺的流水聲——小溪就在附近！

「不會錯的，兇手一定有下去溪邊洗手。」隆彥說。

「血液具有相當的黏稠性，而且又被濺到那麼多，很難擦得乾淨，所以兇手一定會去溪邊——去看看有沒有留下什麼。」

在望月的一聲號令下，隊伍準備移動，卻被江神出聲制止。

「山路不好走，這麼多人很難行動，所以女孩子最好回帳篷。」

「我要去。」美加堅持。

「我要回去。」武伸手抹去額頭的汗珠，「我有點不舒服，而且也不能讓女孩子自己回去。」

「我也回去，反正我去了也只是湊熱鬧，就等你們回來告訴我們結果好了。」正樹接腔。

「隨便你。」江神說。

正樹對江神點點頭，拾起壞掉的手電筒遞給武。

「走吧！」理代拉起琉美的手。

※

從山丘的緩坡回去是條捷徑。女孩們不必由男孩牽扶，六人順利地下了緩坡。目送一行人回去村莊後，剩下的七人走向前往小溪的小徑。

「眞暗。」

江神帶頭，他身後的人全點亮了手電筒。也不曉得發現了什麼，江神突然停下，手電筒的光束落在他腳邊，照出了一個火柴盒。

「是『soleil』的火柴盒……裡面好像空了。」江神輕輕拾起。

雖然還不確定是不是兇手用完的，但這個證物並不具太大價值，因爲我們大家的「soleil」火柴盒加起來至少超過十個，而且大家都互相借用，無法確定所有人是誰。

「拿去。」江神將火柴盒丟給望月。

上面應該有很多人留下的指紋，但這樣的指紋毫無意義，望月明白這一點，徒手接住火柴盒。

「沒有什麼奇怪的地方。」

織田與我都湊近火柴盒端詳，上面沒有特殊的刮痕或髒污。

「似乎有人一面劃亮火柴，一面走下這條暗路。」江神再次將手電筒的燈光照向地面，地上掉了一根燃盡的火柴。

「拿這個放在證物的位置當作記號吧！」夏夫以雙手捧起一堆小石頭。

江神默默接過，在火柴盒與火柴掉落的地點分別放置一顆小石頭。

蒐集起來的火柴也沒有可疑之處。

又有一根，再來一根……在通往溪邊的小徑上，總共拾獲十根火柴棒。

「來回五十公尺的漆黑山路只用了十根火柴？總覺得有點少。」美加以食指撐住臉頰，自言自語似地說。

「問題是空的火柴盒掉在地上。」望月蹙眉說，「這表示兇手用光了火柴。先不論多少，反正兇手只有十根火柴，如果一根火柴能照亮前方的路，往返十根很難說太少。」

我們來到了小溪邊。這個區域上方已經沒有枝葉覆蓋，月光清楚地照在地面上。江神將拾獲的十一個證物以手帕包起。

「找找看還有沒有其他東西。」

我們撥開草叢，搬開溪邊的石頭，搜尋了約莫十五分鐘，卻沒有任何發現。

「回去吧！」江神說。

我們小心翼翼地不去踢到作爲記號的小石頭，回到勉倒臥的地方。

「想不到勉會……」隆彥痛苦地呻吟。

「帶他回村莊吧！」江神說。

隆彥拭去眼角的淚珠，頷首。

村莊裡，六人列隊似地迎接我們的歸來。

「理代與琉美到我們的帳篷睡吧！」夕子看了她們一眼，「只有妳們兩人太寂寞了。」

沒錯，夕子，謝謝妳。

「既然我們去睡夕子她們的帳篷，那就將遺體安置在我們的帳篷吧！我想，這樣不論死者或還活著的人都能安心入眠。」

「謝謝。這樣妳們也會安全些。」隆彥說。

已經超過半夜了。江神提議，等將遺體安置好後，大家就先休息吧！

現在只剩夢境是唯一的避難所，因此沒人反對。

但是——我睡不著。

正當我輾轉反側時，躺在我旁邊的江神說：

「勉強去睡還是睡不著？」

「是啊！」

「好亮。」江神伸出腳，以趾尖掀開帳篷簾門，月光射入了帳篷，「雲已經散了嗎？」

我放棄睡眠，坐了起來。看了一下外面，發現尚三他們的帳篷前有人影。

「好像是夏夫和武。」我說。

「他們在幹什麼？」

「要過去看看嗎？」

江神默默起身。我看了看手錶，時間是一點半。

我們一走近，面對面坐著的兩人便抬起頭，他們中間放著將棋盤。

「進行午夜名人戰嗎？」江神問。

「因爲睡不著，想排遣一下煩悶的心情，卻又無法集中精神，幾乎盤盤皆輸。若在平時，武根本不是我的對手。」夏夫搔頭說。

「講得倒好聽——喂，你只剩兩步了。」

「糟糕了，江神，你替我下吧！」

江神拒絕，表示自己不會下將棋，很不巧地，我也不會。

「你們眞無趣！那來玩別的遊戲吧！什麼都行……黑白棋如何？你們應該知道怎麼玩吧？我要和江神一決勝負。」夏夫很堅持。

和剛進社團的我一樣！夏夫似乎也被江神二郎這個人吸引了。

「眞的要玩？」

「當然——我們有黑白棋的棋盤嗎？」

「那個很大的盒子？那是勉的東西。」武以下巴指向勉與文雄躺著的帳篷——成爲遺體安置處的理代她們的帳篷。

「啊……那就算了。要做什麼呢？」

「手電筒借我，我去拿。」武的嘴角微微扭曲，站起來說完便快步離去。

「武還好吧？我總覺得他不管說話或做事都有點自暴自棄。」我問夏夫。

「嗯，是有一點，他剛剛還說：『我什麼都不怕。』但就算這樣，他今晚下棋時仍一路進逼，眞不簡單。」

「住持，你要好好看著他。」江神一臉嚴肅，「他扛著圓鍬四處挖掘的心情雖然可以理解，但最好讓他停止。」

「我知道。」夏夫低聲回答。

不知是否因爲在漆黑的帳篷中不好找，過了好久，武才帶著遊戲盒回來，而他走路的方式則多少洩露出他內心的激動。

夏夫擔心地望向江神。

「拿來了！」

「來，我接受挑戰。」江神雙手接過武遞來的黑白棋盤，拍拍掌說。

月下遊戲開始，兩人默默地在盤上爭鬥廝殺，另外兩人則在一旁默默觀棋。

第四章 疑惑的一天

1

阿倍野近鐵百貨公司前的陸橋上。

我避開匆忙的人潮，靠著欄杆，茫然地望向底下的車流。離我稍遠處有個穿著整齊的高中生。不久，他面無表情地脫下鞋子。我正思忖他想做什麼時，卻發現他立刻站上欄杆，雙臂像翅膀般張開，身體緩緩向前倒。我還來不及大叫，他的身影已從橋上消失，我慌忙望向車道，只見到他張成大字型的屍體。一想到他身上的傷，我就覺得不舒服。

我發覺有人正在看我，轉頭望向那名高中生方才站立的位置，發現一名手握武士刀的高大男子——鬼——正瞪著我，他的臉孔隱藏在蓬鬆亂髮下，幾乎看不清楚，但我立刻明白他的瘋狂。這個大鬼拔起了刀，慢慢逼近我，我莫名其妙地開始逃跑。

跨上停在天王寺車站前的腳踏車，回頭一看，大鬼正揮舞武士刀，並以驚人的速度追來。我咬緊牙根，用力踩踏板，心臟彷彿快撕裂胸口似的劇烈跳動。

過了紅綠燈，回頭一看，大鬼保持與其巨大身軀完全不搭的速度追了上來。再一個路口就到家了。我儘量維持原速過彎，一回到家門口便跳下腳踏車。

門鎖上了。我掏出鑰匙串，尋找大門鑰匙，耳中聽著大鬼跑來的腳步聲。終於找到了！將鑰匙插進鎖洞時，大鬼從路口出現了。我開門進入家中，一回頭，大鬼已來到門前。是他粗壯的手臂或腳先跨入門檻？還是我先將門關上？

——惡夢！

我作了惡夢，醒來時連髮稍都滴著汗水，呼吸急促。

「我正想叫醒你，你好像作了很可怕的夢。」

是江神的臉。

「被你看見難堪的一面了。」

我想趕快忘掉。我以毛巾擦拭冷汗，驅邪似地想起理代的臉。

「你最好去洗把臉。今天放晴了。」

我走出帳篷抬頭仰望，發現晴空萬里，矢吹山山頂的濃煙飄向了東方。

通往小溪的山路、昨晚的一切全都甦醒了。天一亮就少一個人，在這四天裡，他們已經失去四個人了，難道要反覆至所有人都消失爲止？不可能吧！

夕子站在溪邊，已經洗好了臉，正在擦乾。我向她說了聲早，兩人之間的氣氛立刻活絡起來。

「我今天早上作了一個惡夢。」

奇妙的巧合讓我有點害怕，而夕子像在敘述久遠回憶似地開始訴說。

「我小時候學過鋼琴。在夢裡，我在當時的鋼琴老師家，老師溫柔地要我等一下，將紅茶與蛋糕放在桌上後，便走出房間。紅茶很冰，蛋糕裡則爬出噁心的小蟲，我兩個都沒吃，只是坐在圓椅上等她。可是不論我怎麼等，老師都沒回來。沒多久，夕陽染紅了拉上的窗簾，房內轉為昏暗。我在等待時，偶爾會敲幾下琴鍵，天黑後，房裡一片漆黑，但老師還是沒來。我哭泣地隨手彈奏臨時想到的曲子，很用力地彈……」

儘管如此，我沒有也說出自己的惡夢。

「趕快忘掉吧！」

其實這句話也是說給我自己聽的。也許，昨晚的月亮不僅造成一起殺人事件，也分給了每個人一個惡夢。

「有栖。」夕子似乎很在意，「我不是兇手。」

「我知道。」

※

「我先宣布，今天三餐都是咖哩飯，咖啡也只剩每人一杯。」

美加一早就宣布令人震撼的消息，這表示大家接下來得忍耐更嚴酷的生活。

「早上去摘山菜吧！」隆彥擠出開朗的表情，「雖然沒帶這類書籍，但能不能吃我還會分。」

「抱歉！」江神滿懷歉意，「我們的人都不懂這些，沒辦法幫上忙，真的很慚愧。」

「別對我抱太大期待，我會很困擾的。」

無論如何都必須活下去，在火山爆發、飢餓與殺人犯的環伺下求生。

早餐後，大家輪流供述昨晚事件發生時的行動。但在聽了各人的敘述並加以推敲後，立刻明白根本無法從中找出殺害北野勉的兇手。首先，勉表示要換個作畫地點、進入樹林後，就再也沒人見過活著的他，所以無法掌握命案發生時刻。而且從發生惡作劇錄音帶的騷動後，直到發現屍體的這段時間內，沒有人有完整的不在場證明，有人四處閒逛、有人去看星星、有人上了好久的洗手間，這些人都能算嫌疑犯，都有行兇的機會。也就是說，這次的事件同樣沒人能擺脫嫌疑——這是很自然的結果嗎？還是很不可思議？

也因此，氣勢如虹地打開記事本、記錄每個人證詞的望月偵探也在中途便失去幹勁，綳著一張臉，沒提出任何質問。江神則表示會這樣也沒辦法，遂改變質問方向。

「大家都知道我們昨晚在前往溪邊的小徑上拾獲了火柴與空火柴盒吧？如果是自己去溪邊時用的，請說一聲。」

沒人回答。

「看樣子，昨天最後一個走那條路去汲水的人大概就是我了。當時天快黑了，我很謹慎地留意腳下前進，所以我能肯定當時並沒有這些東西。那麼，這就表示它們絕對是兇手留下來的。」

江神將手帕包起的證物讓大家傳閱。明明應該是沒有任何價值的證物，大家卻都像捧著寶物似地，傳了一圈後，證物回到了江神手上。

「看樣子是毫無所獲。」江神似乎沒辦法了，「望月，你有什麼想問的嗎？」

望月沒有回答，只是用力地闔上記事本。

2

我們社團負責飯後的收拾工作。休息一會兒，抽過一根菸後——其實只是一天的剛開始，隆彥便帶頭出去摘山菜。時間空洞地流逝。

望月將手邊的紀錄製作成全員昨晚的行動時間表，正與織田互相討論。江神坐在帳篷入口，以手指來回摩擦下巴沉吟。雖然無從窺知他腦海裡在想什麼，但他的眼神嚴肅得幾近可怕。

我凝視他的側臉良久，突然覺得快要窒息似地慌忙離開——我彷彿在江神身上見到幼時死別的哥哥，我不想打擾哥哥。

我該去哪裡呢？正想著不如去向正樹借收音機時，便看見理代從安置遺體的帳篷走出，往樹林方向前進，我也立刻修正軌道。

本來想等追上後再叫她，卻漸漸發現她的樣子有點奇怪。理代沒有看到我，一路上還不安地朝四下張望，腳步快得近乎不自然，好像怕被別人看見，而且右手還緊貼胸口，好像藏了什麼東西。我默默地跟在後面，暗自決定：如果是不能看的事便停止跟蹤。在不魯莽冒犯的原則下，我很想知道她的祕密。

她要去哪兒？好像不是野外洗手間專用的帳篷，而是往觀景台的方向急速前進。我有點愧疚，卻又覺得十分刺激緊張，與她保持一段距離的同時，也藉著樹木隱藏自己的行蹤。我已經準備好理由，如果被她發現，就假裝自己只是與她偶遇。

理代的速度似乎加快了，我已經看不到她的背影。要小心不發出聲響地跟蹤，這種情況下當然不可能慌張地追上去，而且也沒什麼好著急的，順著這個方向過去，前面只有觀景台。

這下子我就不能嘲笑望月和織田了，因爲我也變成少年偵探團的一份子了——我想起了自己與同學模仿明智小五郎，在黃昏街道上跟蹤一個提了大皮箱的陌生人的回憶。

快到觀景台時，我不小心踩斷一根枯枝，發出響亮的聲音，隨即聽到理代短促地驚呼一聲。

「對不起，我看到妳的背影，所以……」我說著毫無意義的解釋，走出了樹蔭。

理代立刻轉身面向我，臉部表情有如驚愕的化石，看起來很不尋常！

「原來是你，嚇我一跳。」理代的表情迅速和緩，露出了酒窩。

「對不起，讓妳嚇到了。」我無法問她在這裡做什麼，雖然沒有明確理由，我卻直覺這句話若是出口，我就很可能失去她。

「我只是到處走走，心想一大早應該不會有事。」

到處走走？別開玩笑了，如果這種速度是隨意走走，那妳一旦跑起來，豈非連肉眼都看不見了。

「學長們都沒空理我，所以我也出來散個步。」

我們根本無法正常對話，理代的眼神似乎在探測我究竟看到了多少。

「我該回去了，露娜可能正在等我。一起回去吧！」

我有一瞬間的迷惑，然後首度拒絕她。我有必要查清楚理代到底在這裡做什麼？或者，她想做什麼？

「你不回去嗎？」理代顯得有點執拗，好像要將我的視線從這處觀景台轉移。

「這裡有風，我想在這裡坐一會兒。」

就在此時，一陣風吹過樹梢，吹亂理代的髮絲。

「是嗎？那我走了。」語畢，理代轉身消失於樹林中。

雖然什麼都沒發現，但我或許已經傷害到她了。

我站在理代方才站立的地方，從這裡看不到瘋狂噴發的火山，只有令自己徒然痛恨起被困在這裡的美麗景觀，但是她不想讓我看到的應該不是這個。

我將身體探出柵欄，俯瞰滿是岩石的斜坡，視線立刻被下方某個東西吸引。我懂了，我知道理代右手緊握了什麼？知道她爲何要避人耳目？爲何因我的出現而感到狼狽？爲何要將我的注意力轉移這裡？

大約十公尺下方有一塊嵌入山裡的大岩石，岩石縫隙中長出一棵樹幹扭曲的高松，翠綠松葉中有個東西正閃閃發光——是刀子！

我感到臉部肌肉僵硬，一股寒意從背脊攀升，全身發抖。我果然看到不該看到的東西了，我感到非常後悔，為什麼不跟著理代就好，硬要做這種無聊事？

我回頭，理代早已離去，也沒有其他人……

——得處理掉才行！

我拾起一顆約手掌大小的石塊，朝松樹枝丟去。一顆、兩顆、三顆，刀子終於失去平衡，在陽光下一閃，往下墜落。已經不會有人看見了。

我靠著腐朽的欄杆，放心地吐出一口氣。

3

在出發摘山菜前，江神強烈希望再檢查一次所有人的隨身物品。

「我不反對，但我覺得這麼做毫無意義。」夏夫略帶顧忌地說。

「上次是以尋找兇器為目的，好像忽略了其他重要的東西，所以我想，藉由這次檢查，或許能找到與第二樁命案有關的東西。」社長毫不退讓。

江神可能有了什麼搜查目標，全力催促。由於沒有人有足夠的立場反對，於是同樣的搜索再次展開。

「只要是可疑物品、不應該有的、與原來樣子不同的東西，不論什麼都沒關係，一定要仔細檢查。」江神對三位社員輕聲耳語，卻沒具體提及是什麼東西。

「博士，用來替換的水藍色T恤怎麼了？」望月問。

「就穿在底下。」正樹愣了一下，立刻掀起夏威夷衫下襬，「每個人替換衣服的件數和顏色，你都記得清清楚楚？」

夏夫指向塑膠袋內捲成一團的髒污衣物，禮貌性地表示佩服。

「我印象中是有兩件水藍色T恤——另一件是住持的吧？」

「peace，香菸的庫存量沒問題吧？」在檢查隆彥的行李時，江神問。

對隆彥這個老菸槍來說，香菸的枯竭或許會引發他的禁斷症狀吧！

「還剩兩包。雖然一天十根勉強熬得過去，卻相當難受。」

我很同情隆彥，他比別人多了一個棘手的問題。我看了周遭一圈，其他抽菸的人只有江神、望月、武，以及失蹤的尚三，遇害的文雄與勉都不抽菸，因此十一個男性中就有五人抽菸，女孩子都沒有人抽菸——除非有人偷偷抽——難怪要求禁菸的都是女生。

「希望妳們能體諒。」江神懇切地對女孩子們說，「我希望能看一下各位的隨身物品。」

我看著面無表情的理代，心中對她的感情突然湧上，我真想問她：這麼做沒關係嗎？

美加說沒問題，剩下的四人也只好同意。

江神迅速檢查起美加的行李，動作乾淨俐落，其他人則站在稍遠的距離外觀看。化妝品、小鏡子、小袋子等東西一一排列——這些東西根本沒必要帶上山吧？或許，這就是男女有別？

當理代的私人物品被攤開時，我感到很不愉快，看到她代替內衣的T恤暴露在陽光下，讓我有股衝動想對江神說：可以了吧？

「謝謝！接下來我想調查文雄、勉和莎莉的行李。」

上次的檢查中，並沒包括被害者戶田文雄的行李與小百合留下的行李，這或許就是個盲點。然而，要翻查死者遺物一定會遭受些許阻礙，果然，有幾個人提出了異議。

「為什麼不行？我的目的不在窺探死者隱私，而是為了找出殺他們的兇手。」

「但是，要找兇手為什麼要調查被害者的行李？看了被害者的私人物品就能知道誰是兇手？」

夏夫困惑地說。

「你雖然聰明，但直覺就差多了。當兇手想藏東西時，最安全的地方就是被害者的行李，因為沒人會在行李的主人死後還去動它們。」

「我懂了。」

今天每個人似乎都受制於江神的氣勢。

「喂！過來一下！」進入帳篷的隆彥大喊。

「怎麼了？」隔著隆彥肩頭往內看的望月緊接著呻吟出聲，「江神，你過來看一下！」

我也看到了——勉的頭部旁邊有一張紙條。

隆彥捏起紙條遞給江神，江神瞥了一眼，立刻向衆人公開。

「是兇手的信嗎？」正樹問。

江神沉默。

紙條上以綠色墨水由左到右地寫了兩行字，字跡極端不自然，無法鑑定筆跡。（見P.174頁上圖）

已經不會再有殺人事件，

誰都不會被殺害了。

「是結束行兇的宣言。」夕子的聲音高亢，「兇手說不會再對任何人下手了！」

「話是沒錯，但我們能相信兇手嗎？殺了兩個人，然後自以爲是地宣告已經不再殺人？我們絕不能因爲這樣就放鬆戒備。」隆彥非常冷靜地說。

「但兇手或許是認眞的。」龍子怯怯地開口，「兇手在殺害北野學長後或許已經達到目的了。如果我是兇手，爲了不讓無關的人恐懼，應該也會寫這種信。」

先不論會不會眞有這麼可愛的兇手，這很可能是兇手發現連續的兇行引發了衆人的戒心，爲了讓大家放鬆戒備而採行的狡猾手段。

「『已經不會再有殺人事件，誰都不會被殺害了』。」望月重複，「自以爲是神或絕對的掌權者而做出這種宣告，卻又害怕從筆跡露出馬腳，謹愼地一筆一劃寫得難以鑑定，眞是可惡。」

連我都知道這位學長是刻意挑釁兇手，恐怕兇手現在正在內心冷笑吧！

「這紙片哪來的？」夏夫問。

江神讓他看紙條背面。

已經不會再有殺人事件
誰都不會被殺害了

深澤琉美
姫原理代
山崎小百合

「是貼在我們帳篷外的標示紙條。火山第一次爆發後，紙條被雨水和火山灰弄髒，所以我們換了一張紙條，這似乎就是新的那張。」理代回答，並表示自己從帳篷出來時曾發現貼在簾門右側的紙條不見了。（見右頁下圖）

「上面的部分被撕掉了，是兇手做的嗎？」我問。

江神沒有回答，應該是也沒辦法回答吧！

「這是誰寫的？如果是爲了讓大家安心，請現在承認。」江神終於開口，語氣卻很嚴厲。

沒人回答。

「看樣子，眞的是兇手留下的訊息。」

「這會是什麼時候寫的？是昨晚命案發生後，兇手趁夜裡悄悄來這個帳篷，撕下紙條，潦草寫好後留下的嗎？」夏夫再次徵求江神的意見。

「至今都沒人注意到這個帳篷的標示紙條被撕掉了吧？或者早就有人發現了？」美加問。

沒有人注意到這件事，因此無從知道兇手何時寫下訊息，只能照常理推論，兇手應該是利用半夜進行這件事。

想到這兒，我倏然一驚，爲什麼我會忘記？我眞是笨！剛才不是目擊理代避人耳目地走出這個帳篷嗎？她有可能沒發現這張紙條嗎？不，不可能，她應該會發現的。但又爲什麼沒有告訴大家？而且到現在還在演戲，這……

爲什麼理代要讓這張紙條現在才被發現？如果她想拖延時間，只要將紙條藏起來就好了，甚至還可以撕毀它，她的目的是什麼？這張紙條會不會就是她寫的？

「綠色墨水也很奇怪。」夏夫說。

「是那個，兇手用了勉的鋼筆。」正樹指著勉胸前口袋的鋼筆。

「眞的是綠色。」江神拿起鋼筆在自己掌心塗寫後說。

兇手實在相當謹愼！紙條是利用貼在帳篷外的標示紙張背面，鋼筆是死者的東西，他利用的盡是不會洩漏自己身分的東西，字跡也刻意潦草不自然，無法鑑定筆跡。實在太厲害了，聰明狡獪得像條蛇。

江神以指腹摩擦紙條的正反兩面，似在撫平紙張上的皺紋，頷首說：「接著檢查這裡的行李，或許還能找到其他東西。」

三人的行李被搬出帳篷外。江神在所有人的見證下，站在圈子中心打開行李。

我心想，應該什麼都找不到了吧！因爲理代或許對江神所謂最安全的藏匿場感到不安，早在剛才就將刀子處理掉了。

「理代、琉美，妳們來一下，看看莎莉下山時帶走什麼，留下什麼？」

兩人走近江神，拿起剩下的小背包檢查。

「這是輔助背包，她只留下這個，是忘了拿嗎？這裡只有手帕、面紙、毛巾、手套、指南針、筆記用品等東西，其他的好像都裝在大背包內。」琉美說。

「莎莉連指南針也沒帶走？」武的神情顯得有些悲痛，語畢便俯首不語。

下山只有唯一的一條路，根本不需要指南針。

「理代也看看，這裡面有原本不屬於莎莉的東西嗎？」江神定定地凝視理代。

江神不會也目擊理代將刀子從觀景台丟下的那一幕吧？他是因爲這樣才特別對她施壓嗎？不！不可能，當時那裡除了我們之外，絕對沒有第三者，而且那時的江神應該還在帳篷前沉思。

「不，沒有，這些全是莎莉的東西。」

「謝謝各位忍受不愉快的搜查，搜查就到此爲止。」江神以指按壓眉間，沉默了一會兒後說。

終於可以開始收拾善後了，而江神則是緊閉雙眼沉吟，搖了搖頭。

我們也將埋起來的急救箱挖出來確認過，十三支刀子都沒有任何異狀。

那時我看到的確實是刀子，但那是兇器嗎？當時理代的確就站在欄杆邊，但丟棄兇器的人是她嗎？理代在大家發現兇手留下的紙條前曾進出過該帳篷，她沒注意到紙條的存在嗎——這三件事一直在我腦海裡盤旋不去。我強迫自己參加採山菜的行列，努力掃蕩這些疑問，卻怎麼也揮之不去。

不久，衆人便蒐集到堆積如山、乍看之下非常可疑的野草。隆彥說只要除掉澀味，大部分都能吃，因此糧食的供應有了好轉的徵兆。

「再來就是香菸的問題了。」隆彥喃喃說。

「可以種菸屁股呀！」望月諷刺說。

「白癡，這是犯法的。」

「中午就做山菜咖哩飯吧！」美加高興地說。

「看樣子不必擔心吃的問題了，只要回到繩文時代就行了。」織田安心似地拍拍我肩膀。

我以無精打采的神情點點頭。

4

涼風吹過樹林。

EMC的每個人爲了存活，正式投入全副心力搜索兇手。

「y的訊息、勉外套上的掌印、空火柴盒與十根火柴、讓人以爲兇行結束的紙條，這些都是能找出兇手的線索。」望月握拳說。

這些線索不會太薄弱嗎？要對這些線索絞盡腦汁才能查出兇手，未免也太不實際。

江神拿著燃起的火柴，慢吞吞地走下小徑，忽然大叫「啊！好燙！」便將手上快燒完的火柴丟掉。

「江神，如何了？」織田輕笑出聲。

「九根。單程需要九根火柴。而且兇手有可能跌倒受傷。」可能是想不出什麼結論吧？江神自暴自棄地說。

「對了！」望月彈響手指說，「兇手當時可能有帶某種可燃的東西行動，譬如口袋裡就放了一本記事本。兇手到達溪邊後，發現火柴已經不夠回程使用，便撕下兩、三頁記事本，以火柴點燃，藉著火光回來。」

是有這種可能。

「可燃的東西雖然不知道是記事本或什麼，但若在去程的時候用，餘燼只要丟入溪裡即可。若是回程使用，那就可能丟在離現場較遠的地方。」

「是有這樣的可能性。」織田說。

江神沉默無語。

「如果真是這樣，怎麼辦？要檢查大家的記事本嗎？」我說。

「有栖，慢慢想吧！」望月聳聳肩說，「我不是講過，能燃燒的不見得只有記事本，可能是手帕、絲巾，或其他東西。」

「但剛才檢查個人隨身物品時，什麼也沒發現。當然，誰帶了幾條手帕？記事本被撕下幾頁？這些幾乎都沒有辦法調查。」

我們最後終於有了結論，卻無法與兇手連結在一起，就像從外套上的掌印推定兇手是右撇子，而所有關係人也全都是右撇子一樣。

「剩下的只有死前訊息y了。」望月自言自語。

「如果這是決定性的關鍵，兇手只會是菊地夕子，以最直接的解讀來看，英文字母的y就是夕子的姓名縮寫。」我反駁說。

「但是夕子並沒有殺害那兩人的動機。」

「所有人看起來都沒有動機。」

「根本就毫無進展！」織田仰天長嘯。

「關於動機，我倒是有一點無法釋然。」

「是什麼？望月，別故意吊人胃口。」織田以手肘頂了頂對方，「快說！」

「不行，等我整理過後再說，現在還不知道是否有意義。」望月揮揮手說。

望月的表情嚴肅無比，應該不是單純地做做樣子，這場推理競賽，他或許已領先了半步。

現場蒐證也是揮了空棒。我們四人回到營地後，雖然不指望死者會對我們指點一二，仍走到理代她們的帳篷前，向文雄與勉手合十致意。兩具遺體皆以白手帕蓋住臉孔，身穿不同顏色、同樣花紋的運動外套，雙手同樣交疊在胸口，形成一幅既奇妙又有點詭異的情景。插在杯子裡的野花不知道是誰放上去的，還很新鮮。

走向自己的帳篷時，我發現望月偵探的樣子有點奇怪。他沉默地抿緊雙唇，食指不斷在空中劃圈，完全不是裝模作樣的沉思，而是眞的很嚴肅地分析事情。

「啊！江神。」夕子從帳篷後面突然衝出來，「你們快來，吵架了。」

「誰吵架？」

「peace 和夏夫。」

那兩人？

我們在她的帶領下匆匆趕往樹林內。第一命案——文雄遇害——的現場人影搖晃，隆彥與夏夫企圖互毆，卻被正樹制止。

「喂，住手！」江神伸展雙臂推開兩人。

「這傢伙一直企圖誣賴我是兇手，混蛋，太可惡了。」隆彥氣喘吁吁地咒罵。

「害你們也捲入這場混亂中，對不起——你這混帳！我勸你趁還沒被警方逮捕前趕快自首！」

夏夫臉孔漲紅，冷笑地說。

「你這傢伙，到底在胡說八道什麼？」隆彥以下巴指指夏夫，「你說殺害律師和勉的人是我，動機是三角關係。沒證據就不要亂講話！愚蠢！」

「什麼愚蠢？你沒反駁我的推理，不是嗎？你一定是因爲被我說中了，才會惱羞成怒地動手。」

「你這混蛋！」

「你們兩人都住口！」江神怒喝，「我想知道夏夫的推理究竟是怎麼回事，如果不是瞎扯，而且還相當合理，peace 就有義務說明清楚。我們所有人一起旁聽，如何判斷由我們決定。」

兩人點頭。

「回村裡吧！」正樹低聲說，「理代和琉美應該也在那裡，最主要的是，我們不應該站在這裡……」

龍子靠在隆彥的肩膀啜泣，隆彥苦著一張臉，抱住她的肩膀。

所有人在廣場集合。江神面前坐了相隔五公尺、以防再度發生衝突的夏夫與隆彥，剩下的十人則坐在他後面。

武淡淡地低語：「這是大學的模擬審判嗎？」他旁邊的正樹則冷靜地凝視原告夏夫，龍子的情緒近乎歇斯底里，淚眼模糊地靠在美加身上，夕子陰鬱的表情充滿不安，理代與琉美神情緊張地正襟危坐，不停輕咳。望月翻開記事本準備記錄，織田交抱雙臂坐在他身旁。

「好，先聽聽看夏夫的推理，但你不能有挑釁對方的態度，而且希望你能說服我和後面的所有人。」

「可以。」夏夫瞄了隆彥一眼，「我指控 peace 是連續殺人的兇手並非單純中傷，也不是開玩笑，當著江神他們社團和所有人面前，我敢理直氣壯地指名道姓，是因爲偶然聽到的某段對話。」

鳥兒從空中飛掠，黑影越過衆人上方。

「這段對話是我在露營第二天晚上聽到的。那時大概十點左右，因爲我喜歡天文學，所以想到吊床上觀測盛夏的星座，但吊床上已有先來的文雄，他正與站立一旁的勉低聲交談。我正想打招呼時，卻又硬生生地忍了下來，因爲他們談的不是什麼好事。」

隆彥的一邊眉毛抖了抖。

「我不是刻意偷聽，但是他們兩人正在說憎恨 peace 之類的話，我那時眞的覺得很困惑。」

「開場白就不必了，快說他們到底在談些什麼！」隆彥壓低聲音，恨恨地說。

「我沒辦法完整重現當時的台詞，但是……龍子會參加健行社是因爲勉找她進來的，因爲勉覺得她很可愛，而龍子本身就喜歡登山健行，所以便決定加入有很多學姐的健行社。對勉來說，這當然是他求之不得的事，但接下來卻不順利了，先是文雄看上龍子，對她展開熱烈追求，勉則氣急敗壞地從中阻止，但愛情沒有輩分之分，兩人於是協議來場君子之爭，沒想到龍子最後卻被半路殺出的 peace 奪走，到頭來兩人都一場空。」

有幾雙眼睛偷偷望向龍子。

對於這些視線，她用力地搖頭，彷彿要袪除不乾淨的東西，此外，她哭泣也是因為夏夫的話而產生的不快。

「你們三人似乎還曾發生口角。」夏夫轉頭面向隆彥，「在那之前，你不是與夕子在交往嗎？所以他們曾責怪你：『這樣夕子不是太可憐了？你還是放開龍子吧！』」

「現在談的可不是流氓社會裡的事！你根本就污穢透頂！我和夕子的關係，你根本一無所知，竟還說得頭頭是道，如果我是喜新厭舊的好色之徒，我和夕子還能在同一個社團裡相處得這麼好？夕子，妳說話呀！」

「peace 說得沒錯。」夕子堅定地說，「我與 peace 是朋友，不論是在龍子出現前或出現後，這一點都沒改變。夏夫，你激怒 peace、讓龍子難過，只是更令我覺得可笑。」

「你是不想公開自己的醜事吧？我可是親耳聽見文雄與勉兩人的對話！當然，我是沒興趣去問是不是真有此事，但翌日文雄被殺，再隔一天換勉被殺，這麼一來，各位，你們認為如何？」

文雄與勉的對話內容如何？不，是否真的有過這段對話已無從求證，因為兩人皆已離世，不過夏夫應該也沒有說謊的理由。

「等一下，你的話很怪。」正樹開口，「如果隆彥是被害者，那剛才這些話就具有重大意義，

換句話說，也就是勉與律師合謀，爲了報復而殺人，但現實正好相反，被殺害的是他們兩人，而身爲勝利者的隆彥並沒有殺害兩人的動機。」

「三人曾發生口角是重點所在。peace 與龍子來這裡後仍相當親暱，不難想像會令文雄與勉再度燃起怒火。找 peace 理論的很可能是文雄他們，不，豈只理論，文雄在第三天晚上很可能就是去找 peace 吵架，甚至在盛怒之下揮刀相向，可悲的是，刀子卻被 peace 搶走，他反而遭到刺殺。」

「無知！」夕子大叫。

「你眞的太無知了！先前只是一堆謊言，現在居然還自己創作起來了。」隆彥哼了一聲。

「還沒完！」夏夫也哼了一聲，「Y 的死亡訊息同樣指出你就是兇手，也就是『peace』。」

他用地面的石塊畫出某個圖形。江神後面的人皆彎腰觀看。（見上圖）

「和平符號……」望月低聲說。

那是反核遊行時隨處可見的符號。沒錯，若將這個符號倒轉，圓圈內就是一個Y。

「這是什麼？我沒看過這個符號。」

「就算你不懂，它還是存在。」夏夫以手指重複描繪這個符號，「這是和平符號！文雄本來要畫出這個符號，卻畫到一半就死了。」

「不是倒過來的Y嗎？」

「又不是坐在桌子前畫的，當時他的姿勢並不尋常。」

「這根本就是欲加之罪，你竟然還能大言不慚地當著大家的面說出來。」夕子也相當生氣。

「文雄可是被人從背後刺殺的！還有，難道勉也是被我搶走刀子回刺一刀而死？」

「沒錯！勉很可能認爲你殺了文雄，所以才去找你興師問罪，而不是去畫素描，你和勉則是不想談話內容被聽見，所以才去命案現場。」

「我們看見勉獨自抱著素描簿走出帳篷。」美加說。

「因爲是幽會，素描簿不過是掩飾的道具。」夏夫聽不進任何話。

「兇器是什麼？peace 自己的刀子？」望月問。

「文雄的刀子。peace 應該是認爲將兇器留在殺人現場不妥，所以便將刀子收在自己身邊——也可能是藏在樹林某處。」

「檢查行李時，文雄的刀子還在他的背包裡。」

「他另外還帶了一把。」夏夫的話處處都是漏洞，「到溪邊的小徑上雖然沿路掉了十根火柴，但那種距離只靠十根火柴的火光往返很不自然，而且，進入漆黑的樹林沒帶手電筒也很奇怪，所以那些火柴只是尼古丁中毒者殺人後邊抽菸邊走的痕跡。」

「我才不用火柴，我是隨身攜帶打火機的。」

「是嗎？那你剛才用什麼點菸？若你隨身攜帶打火機，現在就把你口袋裡的東西掏出來。」

隆彥恨恨地將 peace 菸盒與「soleil」的火柴盒丟在草地上。

夏夫微笑。

「若是這樣，勉留下的y又是怎麼回事？和 peace 完全無關不是嗎？」美加說。

「重點就是這個！」夏夫似乎早就在等這句話，「當文雄留下Y的死前訊息時，我們是怎麼說的？望月喃喃說，這不是兇手的姓名縮寫字母嗎？後來因爲夕子情緒激動而無疾而終，結果，對大家而言，Y 成了意義不明的符號，因爲Y 並不代表夕子，對吧？那麼當時與大家同樣不解的勉難道在瀕死前還會寫下 y 的死前訊息嗎？他應該不會再寫不論大、小寫或印刷體都令人不解的Y吧？因此第二次的死前訊息是兇手的僞裝，以結論來說，這表示兇手是與Y毫無關係的人。」

「你終於說出不合理的話了。如果兇手眞的是姓名縮寫爲Y的夕子，第二位被害者應該直接寫出『夕子』或『菊地』，至少這樣就不會讓大家百思不解了。」江神說。

短暫的沉默出現。

「江神，我應該不用解釋了吧？」隆彥搔搔脖子說，「眞是太好笑了。」

「向 peace 道歉。」

織田的語氣彷彿在責備小孩子似地，大概是沒什麼程度的推理讓他相當不滿吧！我也有同感。

「快向 peace 道歉！」夕子也趁勝追擊。

「關於夏夫聽見的對話，你認爲如何？有這回事嗎？」江神未做總評，只這麼問隆彥。

「我不知道，但若要我說，似乎是過度誇大了。」

「你說得太過分了。」龍子難得開口責備隆彥。

隆彥默然，夏夫從被什麼附身的狀態中恢復，委頓下來。

不久，他用幾乎聽不到的聲音對隆彥說：「對不起，我錯了……」

被道歉的隆彥似乎不知該如何回應，輕咳了兩聲。

「沒錯，你的確錯了，peace 怎麼可能是兇手？」望月興奮地大聲說，「兇手是武！」

對於自己人的炸彈式發言，我像是被鐵鎚重擊頭部似的——這位學長究竟在說什麼？

「哦！有意思。」武啓際浮現揶揄似的笑意。

「不要連你都隨口瞎說。」江神的表情變得嚴峻。

望月點點頭，一副「看我的」的態度。他從方才沉思至今，或許就是在整理「年野武是兇手」的論點吧！他拿了記事本站起來，沾點口水翻頁。

「這次事件最令人不解的地方在於完全無法瞭解兇手的動機。於是我將焦點放在動機上，回想眾人的對話、發生過的一切，將記憶的抽屜全打開。以方法論來說，我也許與夏夫一樣……總之，我發現只有一點讓我難以釋懷，也就是第三次火山爆發後，勉對大家談起的過去。」

我記得，勉說他在擔任幼童軍活動的領隊時，因自己的疏失而導致在深山迷路的孩子死亡。雖然如此，因爲他孤身前往救人時也迷了路，並非造成那孩子死亡的直接原因。

「我無法釋懷的只是那個故事，除了這段插曲外，我完全找不到任何殺人動機。」

「那件事爲什麼和武有關？」夏夫訝異地問。

「不，這件事與武毫無關連，我想說的是，勉認爲自己要爲那孩子的死負責，如果我們之中剛好有那孩子的親人，結果會如何呢？知道令那孩子死亡的人竟然就是勉，那個人一定很難過吧？我認爲，動機就在這一點。」

「這些只限於你知道的範圍。」江神嘆息，「像你不就不知道與龍子有關的感情問題？算了，你說說看吧！至少要有一點昆恩迷的水準。」

「當然。雖然我認爲命案的發生與這段往事有關，卻想不出誰會是關係者，而且，犯人殺勉的動機雖然很清楚，但殺文雄的動機依舊不明，我拚命思索，終於推出一個結論：兇手殺錯了人，文雄是代替勉而死的。這是因爲命案現場昏暗，再加上文雄和勉都穿同款式的外套。」

「命案現場的確很昏暗。」夏夫不認同，「但是那種鮮藍色與黃色是不可能看錯的，會看錯的只有顏色類似的衣服……對了，像你就很危險。」

「重點就在這裡！會將鮮藍色與黃色看錯的只有一個人，那就是武。第二天晚上時，你說過武曾經想考美術大學，卻因爲顏色感異常而放棄武，你有色盲吧？」望月的聲音充滿力量，以飽含敵意的目光望向武。

「色盲不是只有不能分辨紅色和綠色？」織田問。

「那是紅綠色盲。武應該是藍黃色盲！也就是無法分辨藍色與黃色的色盲。有色盲的人無法區別互補色，譬如紅色與綠色。藍色與黃色混雜就會變成灰色，也是在色環上處於對比的顏色。」望月嘖聲說。

「我竟然不知道。」織田佩服地說。

「現在明白了吧？總結這一切，兇手絕對是唯一一個會搞錯藍、黃兩色的年野武，至於Y的死前訊息則是為了混淆搜查。完畢！QED（證明結束）。」

「我是無法分辨藍色和黃色的重度色盲？我只是對顏色的感受度較弱。沒先求證竟然還敢說得出現了，QED，艾勒里・昆恩的第十八號作品。但是……

這麼有自信。」

「我沒有時間求證，因為夏夫引起了可笑的騷動。」

「辯解無用。」江神板起臉，「這樣就算QED？你這是把昆恩當笑話！」

「武，你知道這是什麼顏色嗎？」理代拿下脖子上的絲巾，絲巾上是藍、橙、紅、黃、綠的圓點錯落的圖案。

武站起來走近理代，從她手上接過絲巾，攤開，以小指指過一個個的圓點，百無聊賴似地說：

「紅、藍、綠、橙、紅、黃、藍、橙、綠、藍、黃……還要繼續嗎？」

「不必了。」望月一臉沮喪。

這是徹底的潰敗！

「望月，別去想什麼藍綠色盲，雖然推理小說中常見紅綠色盲，可從沒有見過藍黃色盲，因爲現實世界裡沒有這種色盲。」

「這個世界上沒有？不可能，我記得曾在哪裡讀過的！」望月的表情彷彿被痛毆了一頓。

「沒有。」江神語氣堅定，「的確是有這種症狀，卻不是你說的會將藍色與綠色搞錯。我有自信，因爲我打算拿來用在自己的小說裡，所以曾調查過。」

「眞是遺憾哪！」聽了社長最後那句話，呆然若失的望月笑了出來。

「彼此彼此。」

鬧得雷厲風行，卻連一隻老鼠也沒抓到，我看著理代，與其說是失望，不如說是鬆了一口氣。她低下頭，將絲巾重新纏回脖子上，聚光燈彷彿都集中到了那裡。

5

我們沮喪地回到帳篷，已精疲力盡。

望月不知是否因爲覺得丟臉，話也少了。

「望月。」江神點起一根 cabin，他的庫存只剩不到十根了，「這套推理雖然是你一時興起，未經深思熟慮的結論，但你可以試著重新檢討。不過，夏夫會說出那麼沒道理的話也眞是出人意料，那傢伙似乎是打從心底這麼認爲的。」

可能大家都已瀕臨忍耐極限了吧！剛剛的吵架不見得全是夏夫的責任，隆彥因爲被說是兇手，一怒之下先動手也有錯。算算，大家到這裡已經是第六天了，即使是一般的露營，應該也早就膩了。

「江神，我很想找到兇手。」望月一臉苦惱，「如果這樣繼續下去，我一定會精神錯亂。我們只是普通人，做不到讓火山停止噴發，開路下山這種事，但我認爲這些殺人事件並非無法解開，所以我絞盡腦汁，卻……」

「沒辦法像艾勒里‧昆恩那樣？」織田問。

望月非常認眞，而剛才的夏夫可能也是基於同樣心理——我忽然很想替望月偵探加油。

「對了，望月，我還有底片，你拿去用吧！你一定還想拍些照片吧！」我從背包取出原封未動的底片，遞給望月。

他接過後，拿來放在帳篷角落的相機，打算換底片，卻忽然停下手上的動作，「咦」了一聲。

「怎麼了？」

「三十六張底片用完後，我應該還放在相機內，但現在的拍攝張數標示是S，這就奇怪了。」

他想倒捲，取出拍完的底片，相機卻只是空轉。

「眞怪。」

「打開看看。」織田說。

望月打開相機盒蓋，裡面果然沒底片。他眉間的皺紋加深，呻吟出聲。

「呻吟什麼？你可能是捲完後拿出來了吧？」織田說。

「不可能。」望月的表情嚴肅異常，「絕對沒這回事！就算底片拍完，如果手邊剛好沒有新底片，我絕不會拿出裡面的底片，這是我的原則，我能肯定，從昨天到今天爲止我都沒這麼做。」

織田一臉「我明白、我明白」的神情。

「你不覺得奇怪嗎？這表示有人偷走了我的底片啊！」望月生氣地說。

「你說得沒錯……」織田的神情也轉爲嚴肅。

「到底是怎麼回事？接二連三地發生莫名其妙的事——到底是誰？又爲什麼要偷我的底片？」

「會是兇手做的嗎？」我說。

「應該就是了。可能我拍的照片中有對兇手很不利的東西……」望月理所當然地說完，突然又「啊」的驚呼出聲。

「又怎麼了？」織田驚訝地問。

「就是……那個時候的那個！」

他到底在說些什麼？

「昨天的錄音帶惡作劇。兇手一定是趁那時的騷動偷走底片的。在那之前，雖然不能說片刻不離，至少我都會隨時帶著相機，而且入夜後，我經常縮在帳篷裡看書，兇手根本沒機會偷走底片，因此才刻意引起那場騷動，把我從帳篷中引誘出來。」

「看來這個兇手是一位相當不錯的智慧犯，雖然有點像騙小孩的詭計，卻能釣出望月。我已經有點喜歡上那傢伙了。」江神噗嗤地笑出聲。

「社長！」望月生氣了。

「別生氣，我不是說你太過單純，只是希望你能學到即使在遊戲中也絕不能疏忽大意。不，應該說遇上殺人事件還在玩遊戲就太不謹慎了。」

「這的確是遊戲！」望月冷冷地說，「如果贏不了這場遊戲，我們就會變成獵物。」

「說話別像在唸翻譯小說——對了，兇手想盡辦法都要拿走的底片裡究竟拍了什麼？」織田問。

「這……」

「沒什麼這或那的，回想一下那三十六張底片到底拍了什麼，或許能找出關鍵性的線索。」

被織田催促的望月雖然一臉不耐煩，仍翻開記事本，回溯記憶，依序寫出自己拍攝的內容。

第1到3張　噴火的矢吹山

第4到10張　四個帳篷及全景

第11到14張　户田文雄命案的現場附近

第15張　Y的死前訊息（以前也拍過同樣一張）

第16、17張　觀景台

第18張　吊床附近

第19、20張　洗手間專用帳篷附近

第21到24張　小溪和前往的小徑
第25張　樹林裡的火山彈
第26張　爆發的矢吹山（早上）
第27張　搜尋尚三的江神、織田、有栖川
第28張　搜尋尚三的武、夏夫
第29張　搜尋尚三的隆彥
第30張　搜尋尚三的夕子
第31張　準備午飯的美加、龍子、正樹
第32張　正在吃午飯的琉美、理代
第33張　搜尋尚三的夏夫
第34張　搜尋尚三的江神、隆彥
第35張　樹林裡的望月（有栖川拍攝）
第36張　正在抽菸的隆彥

「應該就是這樣了，或許28、29、30的順序會顛倒。但我拍的就這些東西，沒什麼特別的，難道我有拍到兇手或對兇手不利的東西嗎？」

我仔細看了三十六張底片的拍攝內容，也不覺得有何可疑。當然，關於「搜尋尚三的誰或誰」

這幾張，地點在哪？背景是什麼？我都完全沒印象，就算附近有什麼可疑之處，也因為望月只是隨意按下快門，他自己也記不清楚了。另外，像武交抱雙臂、夏夫指著遠處、表示要搜尋那邊，或夕子比出V的姿勢，都是沒什麼意義的個人照，完全無法想像兇手取走底片，不希望被沖印出來的究竟是什麼東西。

「這裡面應該有無意中拍到對兇手非常不利的鏡頭。」我加重語氣說，「換句話說，兇手很可能露出了致命的破綻，所以才會冒險行竊。」

「無意中拍到的嗎？」望月沉吟。

看樣子是想不出來了。但這個兇手也太聰明了，雖然犯了錯，卻又在事後將證據收拾得乾乾淨淨，而且還有正確的判斷力與執行力，運氣應該也很好，究竟會是誰呢？我們完全無法捉摸的對手究竟是誰？

「眞是一場可怕的推理戰。」望月輪流看向我們三人，「有的兇手愚蠢得自以為安排了完美的密室或詭計，最後卻被拆穿，眞相立刻大白，也暴露了自己的身分。然而，我們現在面對的卻不是這種人，這個兇手既聰明，又沒有絲毫破綻，從未留下蛛絲馬跡，要贏他相當困難，到底要怎樣才能抓到這傢伙的狐狸尾巴？」

利用照片嗎？望月偶然拍到的某張照片一定令兇手相當恐慌，但這捲底片卻在沖洗前就被處理掉了，實在是太可惜了。

我想起在高空的火山灰與雲層上方盤旋的直升機。那與這樁事件的兇手似乎非常相似……

6

收音機傳出的報導說，由於矢吹山上空的濃煙與熱對流旺盛，直升機無法接近。然後又加上傍晚出現的微弱地震，在在令我們的恐懼就快衝破臨界點。

「下山吧！這是唯一的活路。」隆彥說。

大家立刻贊成。

江神也贊成，又接著說：「但現在天色已經暗了，大家忍耐一夜，明天一早再行動，爲了要在太陽一升起便立刻下山，我們現在就要開始準備。」

「我不要！」夕子尖聲叫道，「就算只有一個晚上我也不要！因爲每次天亮就會少一個人！而且山頂好像又要噴發了，也許就是等一下！現在不是悠哉地說這些話的時候！」

「我也覺得今天下山比較安全。」

「信長，連你也講這種話？」望月氣急敗壞地說，「下山的路沒那麼輕鬆，很可能走沒幾步，天就黑了，到時就得露宿野外，難道你不懂休息一個晚上再出發是比較明智的選擇嗎？」

「……望月，你以爲我那麼笨嗎？」

一陣騷動後，大家都認爲江神說得沒錯，做成決定時，太陽也已西斜。

「每個人的行李要盡可能地輕便，最好是空手。」江神對衆人確認現在必須開始進行的工作，

「地圖、指南針、斧頭、圓鍬、收音機、醫療用品，這些是必需品，然後是糧食，看是要捏成飯糰或做便當。」

「江神，還有一件事不能忘。」夏夫開口。

「什麼事？」

「重要的證物，下山後必須立刻交給警方吧？」

有人表示這是當然，有人則露出不悅的神情。這些話從夏夫口中出來，令我有些不自在，難道他還在懷疑隆彥？

江神與他對望一眼，彷彿在說「用不著你提醒」，但他並沒開口。

「今晚弄點好吃的晚飯吧！」隆彥對美加說。

但美加的反應與江神酷似，一樣的陰沉怪異。

※

「美加知道兇手是誰。」夕子說出令人大爲吃驚的話。

我反射性地回頭，她仍低頭仔細洗米。此時，這裡只有我與她兩人。

「眞的嗎？」

「眞的。」夕子抬頭說，「她知道是什麼人，雖然沒有明確證據，但也不想像個笨蛋似地在大家面前演講——啊，對不起，不過這是美加說的。」

我的舌頭幾乎打結，深吸一口氣後，慢慢地問：「她有說是誰嗎？」

「她不說。我說這麼重大——其實我不覺得有多重大——的消息怎能獨占，問她到底是怎麼回事，她就說她已經看穿兇手是誰，但若錯了就很麻煩，到時不是一句道歉就能解決的。而她會說出來似乎是因爲我們單獨在一起而說溜了嘴，就是中午洗碗盤時。」

「美加說得沒錯，但妳既然知道了，怎麼不問出兇手的名字……告訴我，美加說這些話時的語氣如何，妳能猜出兇手是男是女嗎？」

「我猜不出來，但她說過，兇手是沒有記號的人。」夕子的視線又回到手邊，神經質地洗著米。

「沒有記號？」

「沒錯，也就是至今從未被懷疑的人。她說大家都被那個人轉移視線了。」

難道是她？

「然後呢？」

「然後？只有這樣，沒有什麼然後。有栖，你怎麼了？眞的那麼在乎美加的看法？你這推理小說研究社的新希望也太差勁了吧！」夕子有點吃驚地說，「難道你打算剽竊女偵探晴海美加的推理加以利用？還是……你很害怕？」

我沒回答她，我得讓內心平靜下來，畢竟已接二連三地看見、聽見太多討厭的事了。

「我沒打算剽竊，只想聽聽美加的看法。聽到太多奇怪、荒誕的推理，令我很好奇接下來還會出現什麼。沒證據也無所謂，我只是想知道內容。」

「有栖，你這人倒是意外地固執。但是，就算沒證據，美加的直覺卻相當敏銳——當然，她比我還更重視邏輯——也許眞被她猜中了。」

我不禁對美加產生敵意，她最好別亂說話——雖然她腦海中描繪的兇手不見得就是理代。

「剛才望月很勇敢地發表了自己的見解，但你們其他社員呢？有栖，你的見解是什麼？」

沒錯，我是有新的結論，但那是我寧願撕破嘴也不說出口的可怕推理。

「沒什麼特別的。」

有人走下來了，就是我們正在談的美加，我不禁緊張了起來。可能察覺了氣氛不太對，她露出略帶訝異的神情看著我。

「看來晚飯要晚點開動了。」

我想起來這裡的目的，開始以塑膠桶汲水。

遠征找尋下山路線的江神、織田、隆彥與武四人正巧在晚飯準備好時回來。太陽早已下山，他們全身都是灰塵，臉孔與手臂有大大小小被樹枝劃傷的痕跡，衣服也被勾破了，應該是歷經了一番苦鬥吧！

「應該能下得去，可能是至今爲止的幾次弱震使下面的路況又變了，這次是變往好的方向，雖然只能沿著不是路的路前行，卻能下去約莫兩百公尺。但是，再下去會是什麼樣子，我就無法保證了。」隆彥一口氣說完，咕嚕嚕地喝下水壺的水。

「似乎不太好走。」理代望著琉美，「露娜，妳可以的。」

「就算扛也要扛她下山。」隆彥早就考慮過這個問題，抱著雙臂回答。

吃完這三天以來最奢侈的晚餐後，偵查隊攤開地圖，說明下山作戰概要。雖然說是作戰，其實只是要爬過一切擋路的東西，直接闖下山。

「明天這個時候，我們應該已經在山腳下的溫泉旅館休息了。我眞想換上乾淨的浴衣，躺在散發榻榻米味道的房間，好好大睡一覺。」

「溫泉旅館的人大概都已經去避難，整個空了吧！織田老師。」

這兩個經濟學院的學長們頻頻鬥嘴，他們說的一切要到明天天亮後才會實現。

大家以指尖在地圖上滑動，檢討種種事宜，呈現曾經有過的快樂時光。

「只好將律師與勉留在這裡了。」美加說。

「這樣太冷漠了吧！」我的嘴裡不知不覺脫口而出帶刺的話語。

不只美加，周遭有幾個人也對我的意外發言感到驚訝。

「有栖，那你說說看該怎麼辦？」夏夫開口，「誰都希望能帶兩人的遺體一起下山，大家都不想將他們留在這裡，但是，目前這種狀況能不能……」

所有責難全集中至我身上。那是誰也不想聽、也沒必要聽的台詞。我默默地等他說完。

我還是攻擊美加了，爲什麼我會幾近下意識地對她湧出敵意？是因爲從夕子那裡聽說她已經猜出兇手了嗎？我的腦筋一片紊亂，深深覺得自己的舉動實在太幼稚了。

「我知道了，對不起。」

沒錯，是我不對，我該道歉。我好像觀察別人似地打量低頭致歉的自己。

「我……」後方響起正樹的聲音，「我也同意在這種情況下，我們只能將學長們的遺體留在這裡，但最起碼，我們也要帶幾件可作爲遺物的東西下山，不，這是我個人的心情問題。」

幾個人紛紛表示贊成，但我很想說：這種事做不做根本沒差。

「小東西就行了。」美加冷靜地說，「譬如文雄的鑰匙圈與勉的都澎打火機，這些都是……」她有點哽咽地接著說，「因爲這些都是他們的隨身物品……」

夕子流淚頷首，龍子也難過地與隆彥對望。

「好，那就這麼做吧！peace，你去拿。」江神說。

隆彥正準備站起來時，夕子卻制止了他。

「我也一起去。但在那之前，我要先去摘花，因爲今天早上的花換過後就那樣放著……」夕子說完便去附近摘車百合。

我們其他人來到安置遺體的帳篷前，向他們兩人做最後的道別。帳篷前有夕子更換鮮花後，雙手合十的背影。

「對不起了。」隆彥跪下，雙手合十地說。語畢，伸手從勉的棉織長褲口袋取出打火機，緊接著又探入文雄的牛仔褲右口袋，隨即發出「咦」的聲音，抓出口袋內的東西。伴隨鑰匙碰撞的輕微聲響，鑰匙圈從口袋裡出現了，但隆彥拿出的不只有鑰匙圈——

「哇！」隆彥丟掉手上的東西。

我們湊上前，想知道發生了什麼事，卻也一齊發出驚愕的叫聲，雙腳不由自主地往後退。

那是人類的手指！不論從長度或形狀來看，應該是無名指，不，那一定是無名指，而且還能確定是誰的無名指，因爲那根手指上戴有鑲著黑色蝴蝶貝浮雕的白金戒指。

「是尙三的手指！怎麼會這樣……」夏夫像女孩般雙手掩嘴，指縫間漏出愈來愈輕的聲音。

「是尙三的手指。」江神上前，小心捏起那根手指至眼睛高度，確認戒指嵌入第二指節上方後才開口。

「他的手指爲什麼會在這裡？」夏夫的聲音仍是從他的指縫間瀉出，「這究竟是怎麼回事？本來以爲那傢伙失蹤了，結果卻只有手指出現在這裡……江神，你認爲那傢伙發生什麼事了？」

「被殺了！」夕子聲音聽起來像快昏倒似的，「尙三果然也被殺了，被傑森在暗中偷襲，就像我說的！他還被切下了手指，太可怕，太可怕了！」

「傑森並不存在！」望月執拗地說，「我們的敵人不是驚悚電影裡的怪物！我們的敵人是更狡猾、能採取某種複雜行動的傢伙，而那、那就是證據。」望月說到後來有些結巴。

「傑森爲什麼要剁掉被害者的手指，藏起屍體？爲什麼要一面劃亮火柴，一面到溪邊洗手？爲什麼要從我的相機裡偷走底片？」

「底片？」美加沒忽略任何一句話，「底片是怎麼回事？難道有人偷了你的底片？」

「沒錯，被偷了。」望月愣了一下，回答。

他說明了事情經過，並解釋他並非刻意隱瞞，而是沒機會說出來，但大家仍以批判的眼光看著我們推研社的成員。

「這倒無所謂。」武的眼光移向被剁斷的手指，「這截手指也必須帶下山。但是光憑這個就能斷定尙三已經死了嗎？這只能確定他失去手指，不是嗎？」

我也這麼認爲，江神好像也是，他還拿自己的手帕包住手指，說了聲「沒錯」。

「呼！嚇我一跳。」隆彥終於用力吐了一口氣，「眞想不到口袋裡會出現那種東西。」

「沒錯，眞的很意外，這個帳篷裡的行李雖然都檢查過了，卻漏了死者的口袋。」織田接腔。

我旁邊的望月則低聲喃喃著什麼。

「你說什麼？」我問。

「沒有。我只是愈來愈迷糊了。」

7

「有栖，去看星星吧！」

夏夫和武邀我去觀景台喝最後的咖啡，形容得誇張一點，是喝此生分手前的最後一杯咖啡。

「很濃喔！」夏夫在草地上坐下，將熱開水倒入杯中。

我無法平靜，在窺見理代祕密的這個地方，我的心情無法放鬆。

「雖然發生了許多事，也只到今天晚上爲止。如果尙三沒失蹤，另外兩人也沒死，我還眞想舉行一場道別營火晚會。」夏夫說。

我與武都沒說話，伸手端起咖啡，憂鬱地啜飲。夏夫看起來則相當輕鬆。

「不是一切都結束了。」武低聲喃喃，似乎因咖啡的苦澀而停住不語。

「我倒覺得一切都過去了。」夏夫微笑，似乎已全然放鬆，「所有人搞得雞飛狗跳的，結果仍一無所獲，現在只能坦然接受一切。準備考試、記下女孩子的生日、爲下個月會收到的利息而慌忙開戶辦定存、買火災保險什麼的，做這些根本沒用，因爲你下一秒可能就會在路口被車撞到。你們不覺得很可笑嗎？人類總是不斷地思考接下來想做什麼？預測事情會如何變化？」

「你已經達到四大皆空了嗎？那是往生之人才會有的境界。」武說。

「我不是有了死亡的覺悟，只是我回想起至今的生活，雖然活了二十一年，卻是完全地無知，明天我們會如何，很可能早已在宇宙開創時就決定了，沒什麼好掙扎的。」

「神聖宇宙中央委員會連這種瑣事都要決定嗎？」我輕聲說。

「你說什麼？」夏夫反問。

「今晚很可能是我在這世上的最後一晚，我想求證一件事。」武的表情是不可思議的嚴肅，咖啡杯就停在他的嘴巴前，他的視線則望向空中，「除了我之外，其他人類眞的存在嗎？我生長的這個世界，眞的是如我想像的世界嗎？」

我們不明白他想說什麼，只好默默繼續聽。

「從小我就對一件事感到不可思議，因爲是個無聊的問題，所以從沒對別人提過——小時候，當我回家打開家門時，我總會感受到路人的視線集中到我身上，覺得他們似乎都在想：原來他是這個家的孩子。這應該是自我意識過剩吧！而我都會因而感到羞赧、羞愧，因此，如果我發現身後有人，我就會放慢腳步讓對方越過我，直到對方聽不見開門聲才進到家中。」

我還是不懂他話中的含意。

「每次我回家時總會有這樣的顧慮，可是，有一次我忽然發現一件事，這些人們總是看著我進入自己的家，我卻從未看見那些走在自己前面或迎面而來的人走進附近的住家。我嚇了一跳，覺得很害怕。」他的眼中浮現困惑與懷疑，「我心想，這代表只有我是演員嗎？其他人不過是戲劇裡跑龍套的甲、乙、丙、丁？舞台上只有我一個主角，那些扮演我父母、妹妹、學校老師、同學的人，只要露個臉，就能到後台抽菸、休息、聊天，直到下一次出場。」

「這種想法很普通，我國中時也常這麼覺得。」

夏夫似是將這當成笑話聽，瞇起了眼。武卻很認眞。

「我的疑問還沒解開。大家眞的都在舞台上起舞嗎？在台上台下苦悶掙扎、蹦蹦跳跳的難道只有我一個人？」

我的額頭感覺到某種東西，沒有形體，也不是風或溫度。我仰頭，上方只有月光。

「不想演戲就不要演，不想跳舞也沒必要到處跳躍，更沒必要爲了編故事而讓自己苦惱，身爲主角的你可以坐下來看看這齣戲如何發展，然後大叫：『卡！卡！不要演了！』」夏夫咧嘴，露出一個與他形象不符的笑容。

眞是一場奇怪的咖啡聚會，我變成夢遊仙境的愛麗絲了？

還是趕快結束吧！也許月亮還太圓了。

一陣劈啪聲響起，江神出現了。

「想喝一杯嗎？還有咖啡。」夏夫說。

「已經快十點了，大家最好回去休息。」輕輕搖頭後，江神說。

江神的頭髮飄動，然後是樹梢枝葉發出婆娑聲，他的臉色在月光下顯得蒼白。

「也是，明天有得累了。」我說著，窺視另外兩人的反應。

「江神，你認爲兇手還會用血弄髒自己的手嗎？」夏夫仍面帶微笑。

「不會。」

「爲什麼？」

「我再說一次，不知道。」江神臉一沉，轉過頭。

夏夫默默拿起水壺和杯子，站了起來。

「Let it be 嗎？」

夏夫說了一首披頭四的歌名，轉身帶頭回村莊，我們跟在他身後。

現在是怎麼回事？爲什麼我內心的騷動不斷擴散——是理代。理代就站在帳篷前。

「嗨！」夏夫舉手稍稍揮了揮。

我們走過她身旁。

「早點睡吧！」江神說。

「那個……」她低聲說。

江神和我同時停下來。

「怎麼了嗎？」

一瞬間，她猶豫地吞下本來要出口的話，改口說：「不，沒事，我去睡了，晚安。」

四個道晚安的聲音零零落落地響起。

誰都沒想到，自己能迅速陷入熟睡。

8

凌晨三點，矢吹山爆發了。

第五章　下山

1

還活著！

火山爆發似乎進入中場休息，周遭一片靜寂。

我扶著樹幹站起來，全身充滿憤怒。對於折磨我與理代、折磨大家後，又更貪婪地尋求犧牲者的這座山，甚至還對Y，產生瘋狂的憤怒。

「我一定要離開這裡……」我擦拭滑落下巴、即將凝結的鼻血，邁開步伐。

「有栖……」

「理代？是妳嗎？」我驚訝地望向聲音來源。

「有栖……」哽咽的聲音重複道。

「妳不要動，我這就過去。」我咆哮似地大吼，快步前進。

黑暗中，理代的靈氣引導我前進，我的指尖觸摸到理代伸出的手。

「啊！有栖，我好怕！」理代衝入我的懷抱。

「沒事了。」我將臉緊貼入她的髮中，兩肩被她的手緊緊掐住，感覺有些疼痛。感受到她傳來的生命力，我微笑輕撫她纖細的肩膀。

「已經結束了吧？暫時不會再爆發了吧？」

「我不知道。」

「現在是……幾點？」

「三點四十分。」我看向手錶。

她爲遙遠的拂曉嘆了口氣。

「露娜在哪裡？平安嗎？」我有點在意。

「江神背她跑了，好像逃進對面樹林。」

「有江神在應該可以放心，其他人在哪裡呢？」

「這附近似乎沒別人，會不會跑到危險的地方？」

「沒有什麼危不危險，大家都只能在這座山上。」

我們靠著樹幹坐下，沉默無語。

「沒想到會變成這樣。」我不自覺地脫口而出，因爲看不見表情，於是更在乎她的回答。

「有栖，你認爲誰是殺人兇手？」

「爲什麼問這種事？現在應該要想想怎樣才能活下去吧！」我大吃一驚，這是站在死亡邊緣的人會想的事嗎？

「我想知道。」她加強語氣說。

我呆住了。

「我想弄清楚誰是兇手，誰不是兇手。如果無法知道大家的笑容、言行舉止是眞是假，那我們不是都成了被灰色煙霧相隔的陌生人？」

理代正在懷疑某個人，這就是她煩躁不安的理由。這麼說來，她不是兇手了？那麼，她正在懷疑誰？我嗎？

「理代，妳有什麼想法？妳會這麼說，就表示妳認爲某個人是兇手，那個人是誰？會在這種時候問這種事，是因爲相信我？還是懷疑我？」

「有栖！」

理代的聲音幾近慘叫。是因爲我從背後推了已經自不安的深淵看見地獄的她一把？

「怎麼了？」

「有栖，你完全想錯了。我從來沒有懷疑你，只覺得你那些喜歡看殺人小說的學長們很莫名其妙，也對那些將這三天發生的事當謀殺遊戲玩的人感到很不愉快。」

「理代！」

「有栖，聽我說。」她拂開我想搭在她肩上的手，「我也知道自己歇斯底里。我從沒懷疑過你或江神，我、我……」

「夠了，已經夠了。」

「就算死了……」理代又開始啜泣，斷斷續續地說，「我也想知道，除了誰……大家都是快樂的人……」

身體的疼痛逐漸平息，心臟卻反而開始漲痛。明知看不見，我仍覷看她的臉，然而，除了啜泣聲以外，沒有任何回答。

「喂！大家都平安嗎？如果沒事就回我一聲。」

是隆彥，他的聲音是竭盡全力的悲壯。然後，遙遠的彼方傳來江神的回答。

「江神和露娜安全——各位，已經沒問題了，可以出來了。」

「我們走吧！」理代拉起我的手。

我的肩膀立刻傳來一陣劇痛，不禁呻吟出聲，她慌忙縮回手。

「有栖，你受傷了？」

「不，沒什麼，還可以走。」

我慢慢往前走，盡量不去動到肩膀。理代扶著我的手肘，配合我的步伐前進。

出了樹林，由於火山灰再次遮蔽了星空，村莊陷入一片黑暗。江神一看見我們便跑了過來，可能是我誇張的傷兵模樣讓他心慌吧？

「哪裡受傷了？」

「只是摔倒了，休息一下就好了。」

「骨頭呢？」

「沒事，只有肩膀和側腹撞到。」

我抓住江神和理代的肩膀走到廣場中央。看了一眼廣場上的臉，好像少了兩、三人。

「剩下夏夫和夕子。」隆彥說。

江神朝四周大叫兩人的名字。一陣不祥的靜寂過後，回應從令人意外的近處傳來。

「夏夫？你在哪裡？」

「這裡。過來一下！」

在北邊。江神鑽進倒塌的帳篷，拿了手電筒出來，轉亮，朝聲音來源走去。

「只是暈倒。」夏夫的聲音響起。沒多久，江神便背了失去意識的夕子回來，夏夫則步履沉穩地跟在後面，臉頰上有一道長長的傷口。

夕子似乎只是因驚嚇過度而暈倒，沒有受傷。江神放下她，拍了拍她的臉頰，讓她醒來。

「噴發停了，大家都平安無事地在這裡。」江神沉穩地說，夕子聞言輕輕點頭，他又問，「誰知道現在幾點了？」江神的手錶好像壞了。

「四點。」隆彥回答。

江神吹了聲口哨，「別氣餒！再過一個小時就天亮了，大家要一起下山。下山的路不好走，而且又多了傷者，所以狀況好的人請多幫忙，再怎麼樣都要一起走。還有一個小時，我們就在這裡等吧！」

夕子又哭又笑地高舉拳頭，大聲應和，而現在狀況最糟的人就是我，我覺得很丟臉。

「來升火吧！升起比第一天營火更旺盛、更熾熱的火堆，大家圍著火堆唱歌等待天亮，想跳舞也行。」江神說。

「帶著手電筒，五、六個人一起去，絕對不要少於兩個人。」江神提醒。

「我去撿柴火。」隆彥說。

於是有五個人出發撿柴火。

「江神，我去拿藥。」語畢，理代離開我身邊。

大家先前在黑暗的樹林內尋找庇護，身上多少都有點傷。理代拿了急救箱回來後，先要幫我敷藥，我拒絕了，因爲剛才躺下休息後已經沒那麼痛了。於是理代走向琉美，幫她更換腳上的繃帶。

沒多久，五個人回來了，並帶回又多又粗的柴薪。江神與夏夫撕開帶來的口袋書與日記本，點起火，丟向那堆柴火。

「燒吧！燒吧！」夏夫夢囈似地自言自語。

很快地，火光開始照亮四周的每一張臉。與營火晚會那時一樣，歡聲、掌聲、口哨聲此起彼落地響起，凝結的恐懼逐漸解凍。我從沒想過火焰竟如此可貴。

「好暖和。」夕子就著火堆烘暖雙手，充滿微笑的臉孔非常可愛。

江神滿足地眺望熊熊燃燒的火堆——社長，這眞是個完美的提議！

「唱歌吧！」隆彥說。

但是，沒有人自願，也有人一臉困惑，不知道在這種時候該唱什麼歌。

「我來點歌——健行社與夏夫、武一起唱雄林大學的校歌，關西這邊的人當聽眾。」江神說。

「校歌？我不記得了。」

「peace，你眞不是個好國民。」夕子說。

「既然這樣，何不唱啦啦隊歌〈雄林勝利〉？」夏夫建議。

夕子表示贊成，衆人協商後，決定採用啦啦隊歌。

「準備！」夏夫開頭，「一、二、三。」

青春熱血已經燃燒，
　我們面前沒有敵手，
連吹過戰爭荒原的風，
　都高唱我們的勝利。

很能激起鬥志的一首歌。織田鼓掌，笑說：「眞不錯的歌。」

「過獎。你們要唱什麼？」夏夫催促。

江神咳了幾聲示意，我用自己的力量站起來，開口，「〈怪奇大作戰〉——」

織田突然放聲尖叫——這就是開頭。

怪異的尖叫聲劃破黑暗，
是誰？是誰？是誰？
惡魔今晚又來騷擾？
ＥＭＣ、ＥＭＣ追蹤謎團
ＥＭＣ、ＥＭＣ拆穿怪奇
Let's go！

這是去年電視連續劇的主題曲，我們只是將部分歌詞改成ＥＭＣ。

「還是要白癡好玩。」隆彥忍不住大笑。

理代與琉美兩人勢單力薄，所以我們推研社一起合聲，替她們的校歌助陣。

江神的提議產生完美的效果，大家似乎都恢復了活力，重新振作起來。而江神與眾人閒聊時，仍若無其事地望著東方天際，等待黎明到訪。

——四點二十五分，就快了。

「有栖，你要不要緊？」理代來到我身旁。

「還是有點痛，不過已經沒事了，謝謝。」我輕輕轉動雙肩說。

我們兩人的視線在一瞬間交會，她卻隨即低下頭，裝作沒看到。我對她已快淡去的疑問再度浮現。對了，她還沒回答我剛才在樹林裡問她的問題，關於連續殺人的事。

「我們繼續剛才的話題吧？」

理代裝傻地「咦」了一聲，偏過頭，似乎在說：你在說什麼？頓時，我想追根究底的力氣急速萎縮，如果將她逼急了，我害怕自己手上的劍尖將轉過頭，給自己帶來致命的一擊。

我對自己無法全心信任理代一事感到不可思議，也無法理解。而且我很在意她竟在那種情況下問：「你認爲兇手是誰？」但我知道，如果她眞是兇手，我一定會全力幫她隱瞞。

「需要更多柴火，這樣不夠。」

在江神的號令下，隆彥與夏夫跑步離開。火堆的零落星火往上飄飛，持續熊熊燃燒。大家半開玩笑地互揭瘡疤，討論火山爆發時，誰的動作最可笑？誰又有什麼樣的醜態？在一陣笑鬧中，時針已過了五點。

江神指著東方天際。雲層先是染成紫色，然後是金黃色——破曉了。

「大家加油！」隆彥一個深呼吸後，鼓勵道。

黑暗被朝陽驅逐，有如在深海中的世界逐漸變得蒼白，月亮沉沒似地退場。

「再等一下，等太陽升起。接下來的路畢竟非常危險，最好儲備更多體力。」江神說。

不久，薪柴燃盡，黑煙飛揚一陣子後，也終於完成任務，消失了。在這短暫的休息時間裡，大家都正爲即將面臨的艱辛路程做心理準備，減少開口次數，形成各自孤立的小宇宙。

六點，江神宣布出發。

每個人帶上最輕便的行李，領取昨天做好的飯糰，擔任先鋒的隆彥至帳篷拿出圓鍬與手斧，正樹胸前掛著收音機，夏夫替琉美找回昨晚在混亂中遺失的枴杖——一切準備就緒。

無人號令出發，隆彥與江神交換了一個眼神後，默默開始前進。琉美表示想自己走，拄著枴杖前行，推研社社員跟在她身後，走在隊伍最尾端。理代緊跟在琉美身邊，刻意避開我的視線，琉美的速度剛好與我一樣，織田走在我旁邊，表示有事可以隨時扶住我。

「青春熱血已經燃燒——」

江神面向前方，開始唱起〈雄林勝利〉，不久，合唱的歌聲響起。

2

到達第一次噴發後探勘的地點花了一個小時。四天前看到時，這裡本來有土石擋住去路，現在卻像被巨大的飯匙挖掉似地，露出紅色地層。

「和昨天又不一樣了。」織田悄悄對江神耳語。

「只能從這裡滑下去。」武指著下方，「必須滑行四、五十公尺左右，高度約有三十公尺。」

「俯角應該有三十度吧。」正樹接道。

我往下看，紅色斜坡延伸至已斷得零零碎碎的山路。

「如果不小心控制速度，到了下面可能會衝過頭掉下去。」隆彥面有難色地說。

於是大家決定使用繩索。先鋒隆彥拉住繩索一端先下去，上面的人緊緊抓牢繩索，第二個人是正樹。兩人平安到達下面的山路後，將繩索拉緊，然後花了半個小時讓五位女孩們依次下去。

「有栖，接下來是你。」江神讓我握著繩索。

「沒關係，我最後下。」

「就你不能當最後一個，最後沒人幫你拉住繩索。」

我小聲回答「是的」，開始往下滑，因爲肩痛無法用力，途中就改以臀部滑行。

「小心，下來了！」隆彥大叫。

我以雙腳減低速度，但乾燥的沙土讓我煞不住車，我的身體以加速度衝向等在下面的隆彥，撞上他的肚子，他隨即呻吟出聲。在隆彥身後支援他的夕子擋不住這股衝力，向後飛出，正樹用力拉住她。

「沒事吧？」幾個人低頭問她。夕子頹坐在地，豎起大拇指表示沒事。

「對不起。」

「其實你還參加了角力研究社吧？」隆彥笑說。

看到這一幕驚險得會縮短壽命的畫面後，理代做了個深呼吸。讓大家嚇一跳的只有我，其他人都順利下來。殿後的江神將繩索往下拋，以圓鍬代替滑雪棍，俐落地滑下來。

「已經回不去了。」正樹抬頭望著斜坡上方，自言自語地說。

我們不時得清出被土石掩埋、被倒塌樹木阻攔的道路才能前進。江神與織田讓琉美扶著自己的肩膀往前走，理代拿著她的枴杖緊跟在後，我靠望月的幫忙跟在最後面。我們的右手邊是陡峭的山崖，左下方則傳來溪谷的潺潺水聲。

走在前面的夏夫將傾倒的樹幹丟入一旁的樹叢，樹幹卻不聲不響地往下落。他撥開樹叢一看，臉上浮現淺笑。

「哈哈，這條路底下被挖空了。」

隊伍停了下來。

「喂——怎麼回事？」望月問。

前方傳來隆彥回答「別推擠」的聲音，大家都想知道發生了什麼事，慢慢聚上前觀看。

山路中斷了約十公尺長，雖然可以看到前面的路，卻像被河水沖斷銜接橋樑的河岸兩邊。我們都愣住了，前面沒路，下面是垂直峭壁，還能看見底下的溪流，也有風從谷底吹上來。

「已經進退不得了。」夕子似乎快哭了。

龍子的臉跟著扭曲。

「會有辦法的。」

隆彥從胸前口袋掏出 peace 菸盒，卻發現裡面已經空了，遂用力捏扁。江神默默地將自己的 cabin 整包遞給他。

「謝了——我先帶著繩索過去，右邊還留下約莫二十公分寬的路面，我應該過得去。我會把繩子綁在對面那棵樹的樹幹上，大家再沿著繩子過來。」

「不行，太危險了。」龍子光聽就覺得害怕，試圖制止隆彥。

「我去，別讓你的新娘太擔心。」夏夫說。

「笨蛋，我……」

「你第二個過來，然後跟我一起幫忙後面繼續過來的人。」說著，夏夫向前跨了一步。

「讓我去！」武抓住夏夫肩頭。

「別再說了，我沒問題的。」

「我想趕快下山，莎莉在下面等我。」武搶過夏夫手上的繩索，以嘴巴咬住，向危險的山路挑戰。

「自己小心。」夏夫低聲說。

武的身體貼上斷崖，緩緩前進，左腳向前，右腳接著跟上，緊靠左腳，然後左腳繼續跨出。雖然他的右臉緊貼崖面，看不到他的表情，卻能想像一定是十分苦悶。

「加油！」夕子才出聲，夏夫隨即豎起食指，「噓」了一聲制止她。

武順利走到一半時，卻遇上了難關。中間大約有兩公尺長的路面寬度縮減爲原來的一半——老天實在太缺德了！

「不行的話就回來。」夏夫沉穩地說。

武摸索山壁，抓緊稍微突出的部分咬牙前進，腳後跟懸在空中，在十二個人屛息凝視下度過難關，之後就以可稱爲悠閒的速度通過。

「武，你眞有一套！」

「好樣的！」

我們的英雄沒聽到這些話，逕自將繩索綁在隆彥所說的那棵樹的樹幹上——大家沒注意到嗎？他不是替我們架橋，而是要我們和他以同樣的方式走過去！

繩索沿山壁拉起，望月與織田放低腰部，緊緊拉住繩索另一端。

「這樣遠比武的方式安全，即使踩空，只要抓住繩索不放就不會有問題。」江神曉諭似地說。

「我不怕。」美加一臉認眞地說。

「江神，我也沒問題，但露娜怎麼辦？」理代說。

「我會背她。」江神的手輕輕搭在琉美肩上。

「江神，不用了。」琉美將手疊上江神置於自己肩膀的手，「你不用背我，這樣太危險了，我很重。」

「看起來不會啊！」

「不，我很重。」

「幾公斤？」

琉美語塞。

「看來是女孩子的高度機密了。」

「請不要開玩笑，我……我留在這裡等你們下山找救援隊。你們先走。」

我的視線與不安的望月對上了。

「有栖。」

「沒問題，我會牢牢攀在你背上。」

「喂……」

「開玩笑的。」

接著是夏夫和正樹，他們過去前還鼓勵女孩們不要怕，趕快過來。然後，正當美加要開口時，理代搶道：「我先。」

理代很厲害。她的雙唇緊閉，謹慎冷靜地手腳並用，突破關卡。見到她抵達對岸，唇際浮現安心的笑容揮手示意時，我才放開緊握繩索的汗溼雙手，稍作休息。

「接下來讓我過去。」我很想儘早填補與她之間的深淵，自願道。

江神輕拍我的肩膀。我緊握繩索，心想：一旦踩空就完了，我不認爲又熱又痛的肩膀能支撐自己全部體重。雖然想過將繩索纏在腰間，但也不可能，因爲若踩滑了，很可能會吊在半空中成爲鐘擺，撞上山崖。

「有栖，加油。」

是理代的聲音。

——別分心！

突然，我左膝不經意地一彎，左手離開了繩索，兩邊隨即發出尖叫，但我的右手沒放開繩索。

還好摔倒時傷的是左半身，所以還能咬牙忍耐，我重新站穩，繼續前進，不過，這樣子還眞狼狽！

在前方，夏夫的手伸長了等我，可是看起來好遠！流入眼睛的汗水模糊了夏夫的身影。終於，我抓到他的左手，被拉到對面。冒險在第四十步宣告結束。

「幹得好。」

我委頓在地，頭頂上方響起夏夫的聲音。一抬頭，便發現幾張溢滿笑容的臉孔。

「太好了！」理代說。

「謝謝。」

「先坐著休息吧！」

我本來就打算這麼做。我回頭望向來時路，美加正握住繩索走過來，沒發生什麼令人驚心動魄的場面，稍後，健行社的女孩們陸續抵達。但此時，另一邊的人似乎對輪到誰起了些爭執。只見江神拉著琉美的手，她卻堅決地抗拒，旁邊的人站在兩人之中，顯得相當困擾。

「那邊在幹什麼？」隆彥焦躁地頻頻吸菸。

沒多久，江神揮手大叫，「琉美要自己過去。」

衆人大驚失色，她連自己一個人走路都沒辦法了，怎麼可能自己過來？

「露娜，別做傻事！」美加說。

「我會抓好繩索，不會有問題的，這遠比被江神背在半空要輕鬆多了。」琉美微笑說。

這是琉美的選擇，她講的也有道理，但或許也是不想和江神死在一起吧！

「露娜！」理代擠到最前面叫著，「如果妳有自信，那就過來！如果沒有，就留在那邊，這是一失敗就無法挽回的，在那裡等至少還有獲救的希望。如果妳要留下，我會回去那邊陪妳。」

隆彥和夏夫對望一眼，好像在說：這是怎麼回事？

琉美在江神的攙扶下，蹣跚地走去抓住繩索，對江神說了什麼後，江神便放開手。琉美慢慢前進，在大家的屏息注視下，一步步確實地走著。

「她能走……」

我聽見美加的低喃，她這句話在我心中形成一種奇妙的迴響，我思忖：琉美的傷勢會不會比她表現出來的更輕微？她是故意誇張的嗎？雖然每當她將重心放在受傷的那隻腳時，總會皺緊眉頭，卻幾乎不曾失去平衡，或許，她花的時間會比我的還短。

她終於平安過來了，理代上前抱住她，口中說著：「太好了！」

等所有人全過來後，已過了二十幾分鐘。當然，江神仍然不用靠繩索便順利過來。

3

「已經十點多了。」隆彥看錶說，「要休息一下嗎？」

應該不會有人反對吧！剛好，在一棵倒地的樹木後面有塊小空地，大家便坐在那裡稍事休息。

我一個人坐著發呆，想放鬆一下緊繃的神經，並將接下來的行程、殺人事件從腦海中拂去，讓涼風吹乾汗溼的肌膚。

夏夫與隆彥並肩坐著，高聲談笑；理代與琉美正在平分水壺的水；正樹打開收音機，龍子、望月、織田坐在他旁邊聽著；武呈大字型躺著；江神閉目靜坐，看起來像在假寐；夕子在美加耳畔說悄悄話，兩人偶爾會瞄我一眼。

「我已經不在乎誰是殺人兇手了。」也許是風向改變，我突然聽見夏夫的聲音，「像這樣一起在地獄繞了一圈後，我只希望大家都能平安下山，就算你是兇手也無所謂，所以，如果你就是，盡量放心說出來。」

「別瞎扯了，你才是眞兇吧！」隆彥笑說。

這兩人已經和好了？等等！他們不是有某個共通點嗎？是興趣一致？不，不對，他們讀不同的學院。那麼，是曾經加入童子軍？不，也不對，那是已死的北野勉與失蹤的一色尙三。但他們的共通點卻無法將這兩人直接連在一起……

「有栖。」

我的頭頂上響起清澈的聲音。

「什麼事？」

是美加。她的肩膀旁邊還有夕子的臉。我居然完全沒發覺兩人的接近。

「什麼事？」我又問了一次，「妳的表情眞可怕。」

「抱歉，我生下來就是這張臉，沒辦法換。」

我在內心咂嘴。從昨天起，我對美加的語氣就很不好。

「夕子說，你對我的推理似乎很感興趣。推理小說的研究者竟然會想知道我這外行人的想法，眞是我的光榮。」

「推理小說研究社並不是培訓偵探的地方，承蒙妳看得起。那麼，我能聽聽妳的高論嗎？」

「沒問題。」

美加與夕子在我面前坐下。我瞄了夕子一眼，她面無表情地回望我。對美加，我覺得有些難爲情，但對身爲密告者的夕子其實並未感到不愉快，因爲這樣一來，我就能弄清楚我想知道的事，屆時或許還得向她道謝呢！

「引起我注意的是死前訊息。勉留下的『Y』如果不是指兇手，又會什麼？所以我認爲兇手絕對是姓名縮寫字母爲Y的人。」

「是夕子？」

「夕子根本沒有殺勉和律師的動機。」

「除了夕子，沒有人的姓名縮寫字母是Y。」

「是莎莉，兇手是山崎小百合。」

「愚蠢……」

雖然名偵探在最後一章指出的兇手常讓我感到意外，卻沒有像此刻美加這樣語出驚人。我本以爲她會說出理代的名字，也因此感到害怕，但我作夢也沒想到她說的是個被認爲已遇難死亡的人，雖然這算推理小說中的慣用設定，卻終究……

「你該不會眞以爲除了夕子之外，就沒有姓名縮寫是Y的人了？我覺得大家只是有所顧忌而沒說出來。」

坦白說，我眞的完全沒注意到。

「這太令人意外了，我從來沒想到這一點。」

「不用那麼大驚小怪，連續劇不也常見這類橋段？總之就是，莎莉還活著。」

夕子在一旁點頭，大概已聽過美加的推理了。

「莎莉的姓名縮寫字母的確是Y，但妳有更明確的證據嗎？更何況，她應該與夕子一樣，沒有任何殺人動機。」

「坦白說，我沒有確切的物證，但我能舉出狀況性證據。首先，文雄遇害後，大家的刀子被便集中看管，但第二起殺人事件仍然發生了，這表示兇手是在第一起事件後沒繳出刀子的人。」美加輕輕嗤笑出聲。

「是莎莉？」

「沒錯，雖然她幾乎沒帶什麼行李就消失不見了，但她留下的東西中並沒有刀子。」

「其他人並不是沒有另外帶刀子上山的可能性。」

「沒錯，兇手若是在露營前便擬好殺人計畫，自然會另外帶刀子。先不談這個，接下來是這起連續殺人事件的行兇動機——有栖，你認爲莎莉爲什麼會突然不見？」

我搖頭不語，這個謎團也一直在我腦海中揮之不去。

「她不見那一天的晚上，也就是文雄遇害的那晚，我們曾在樹林中遇到，記得嗎？」

我想起來了。在滿月下聽完琉美的囈語後，我便在樹林中徘徊，那時曾與靠在白樺樹的美加交談了幾句。

「記得當時我說過的話嗎？前一天的晚上，我一樣睡不著地在那附近閒晃，並在遇見你的地方見到莎莉——彷彿很幸福的沙莉。」

——昨晚我睡不著，半夜出來散步，當時莎莉正好站在這裡。

——她沐浴在清冷的月光中，美麗得有如夜晚的森林精靈，脖子上十字架閃動的光輝照著我的眼睛。莎莉不像在煩惱什麼，而是非常幸福似地微笑。

沒錯，我想起來了。

「你離開後，我想起莎莉當時的樣子，突然注意到一件怪事，也就是白天理代與露娜說的，莎莉消失的前一天晚上並沒有奇怪舉動，很早就睡了。但這一點非常奇怪，我在樹林中見到莎莉是在午夜過後，也就是說，很早就寢的人是理代和露娜，不是莎莉！睡前看來很快樂的莎莉一到早上卻行蹤不明，只能推測那個夜裡發生了什麼事。」

我被她的話吸引了。

「我能想到的只有一件事——莎莉在半夜的樹林裡遭遇不幸，加害者則是勉、文雄和尚三。」

美加說到這裡便緊閉雙唇，不再言語。很明顯地，她是在等我的反應，但我遲鈍的腦筋需要時間來咀嚼她的言下之意。

「也就是說……勉、文雄和尚三對莎莉做出不好、不愉快的行爲？」

「這話點到即止。」美加不悅地制止我，「我當然沒有親眼目睹，但若這樣假設，一切的疑點都能解開，也能說明由衷享受這次露營的莎莉會在天亮消失的理由。她是因爲悔恨與羞恥而無法繼續留下！她無法將這件事告訴理代與露娜，更不可能告訴喜歡的武，這就是她無故失蹤的眞相。」

「……是可以說明沒錯。」

「她打算獨自下山回家，中途卻遇上火山爆發，阻斷道路，使她不得不折回來。問題是，她無法回到我們這裡，而且一定也覺得很困擾，因此當武與peace下去找人時，她便躲了起來。」

美加的話不是毫無道理，而且，從剛才開始，所有人便都靜靜地聽美加說話。

「不幸的是，她的隨身物品中有把刀子。陷入困境中的莎莉不知如何是好，便利用刀子——不是自殺，而是復仇，也就是極限狀態下的行動爆發。」

她的話裡冒出個罕見的術語，「行動爆發」，讓我不禁想到一件無聊事：她是念心理學的嗎？

「因爲大家都認爲莎莉已經離開，所以她才能完成這些困難的行動，否則，偷偷離開帳篷殺人後再偷偷回來，一定很容易被自己人發現，不是嗎？而事實上也有其他指出莎莉就是兇手的證據，那就是照片。望月的底片被偷走就是莎莉所爲，而她必須冒險取走底片的原因非常明顯，因爲她被拍到了。

「有些照片洗出來後，不是會在背景裡發現拍攝當時沒注意到的東西嗎？靈異照片也是這樣。

而望月的照片中就出現了一個幽靈，一個不該出現的山崎小百合的幽靈。

「雖然我還不明白她爲什麼要藏起尙三的屍體，但截斷他的手指已經具有象徵意義。另外，我也不懂她爲何要將斷指放入文雄的口袋，應該是捨不得戒指吧？」

我的背脊竄起一股寒意，一時無法言語。

「妳的意思是莎莉躲在暗處行兇？」武呻吟似地開口，「妳以爲這樣就能巧妙地不讓自己受到懷疑？妳以爲我們會被這種愚蠢的說辭蒙蔽？妳一定是自己害怕得不得了，無法忍受我們之中有殺人兇手，無法忍受山上的怪物趁夜殺人，所以才會替這怪物冠上莎莉的名字。妳勉強找個理由，將黑暗中的殺人鬼想像爲莎莉的論調，完全是出自妳的害怕。」

「錯了，不是這樣。」美加瞪著武說，「你這樣才叫可笑。無法冷靜地聽我說完莎莉是兇手的推論，這才是感情用事。我不像你那麼懦弱，不會把受到沒有影子的殺人鬼嚇到的自己投射在別人身上，這就是你的懦弱造成的盲點！」

「妳一定是瘋了才會將自己的朋友當成殺人犯，還平心靜氣地說明給大家聽。妳說的根本全是瞎扯。」

「這是邏輯推理！如此一來，莎莉的突然消失、Y的死前訊息、兇器，還有動機，全都可以說明了。」

「誰會同意？」

「我同意，因爲……」

夕子有點驚訝於武的迫人氣勢，正想替美加聲援，武的聲音卻壓過了她。

「莎莉下山是四天前的清晨，若她下不去而悄悄回來，她的食物該怎麼辦？她要在哪裡避雨？她能獨自忍受火山爆發的恐懼嗎？妳的推論完全無法解釋這些問題，這證明妳的思考簡單！」

「你的話很有道理。但是有一點你錯了，我並不像你說的無法忍受殺人兇手就在我們之中，我只是要追求眞相。我們這裡面一定有包庇莎莉的共犯，一定有拿食物給莎莉吃，支持她幾近崩潰的人。」美加毫不畏懼他的反擊。

「武……是你嗎？」夕子用緩和的聲音問。

「妳完全猜錯了，不是我，也不是其他人。」武堅決否認。

美加轉頭，彷彿投石問路似地問：「那……是妳嗎？理代。」

理代發出短促的尖叫。

4

現場陷入一片靜寂。

「告訴我們。」夏夫開口，「理代，美加說得對嗎？」

被這麼問的理代仍雙手掩面，靜靜地一動也不動，也沒回答。她的態度怎麼看都覺得是默認。

我的內心受到不小衝擊，看著她被苛責的痛苦身影。

「我說對了嗎？」美加低頭凝視理代。

「理代，實情到底是如何？」夏夫吃驚地問，「如果不是，就乾脆地說不是。我和武一樣，都覺得美加剛才的話一點眞實感也沒有，也覺得很可笑，莎莉怎麼可能會像游擊隊那樣潛伏。如果妳什麼都不說，豈不表示眞的被美加說中了？」

理代仍保持相同姿勢，沉默不語。

「妳呢？該把知道的事全說出來了吧！」美加不耐煩地將箭頭轉向琉美。

「不知道。」琉美的臉色變成有如紙張般蒼白，無力地搖頭。她的眼中甚至還有一抹怯意。但那應該不是秘密被拆穿，而是對突如其來的質問感到驚愕。

「問露娜似乎沒用。」美加自言自語地說，並認定了理代無語代表默認，臉上露出微笑。

「喂，這到底怎麼回事？」織田求助似地望著大家，「這種三流的推理就是眞相？難道大家都被理代耍了？」

「怎麼可能。」望月低聲說。

理代忽然站起來，拔腿就往下坡跑去。

我慌忙地站起來，正好與江神視線交會。

「有栖，快追！」

「是的！」我忘記身體的疼痛，追了過去，身後傳來江神的聲音：就交給他吧！

這段路是比較好走的連續轉彎。她彎過前面的轉角，跑至我下方的山路。

「理代，等一下！」

可惡，眞的不等我？我全身骨頭都在打顫，漸漸感到憤怒，於是在轉角處停下來。

「我叫妳等一下！」

這一叫果然有效，理代停了下來，在慣性作用下前進約五公尺後才眞的停住，慢慢回頭。我鬆了一口氣，走到她面前。

「只有我，其他人都沒跟來。」

不知是因爲跑步或情緒激動，她的臉頰泛紅，肩膀不住上下起伏地看著我。

「有栖，對不起，害你勉強跑步。」她說到一半時還喘了口氣。

「沒關係。坐一下好嗎？」我下意識地舉起撫在左臂的手，揮揮手說。

我當場坐下，伸直雙腿，她也坐了下來。兩人紊亂的呼吸逐漸平息，森林的靜寂包覆我們，我不禁深深嘆息。

「對不起！」

「不用說對不起，但我想知道妳爲什麼不回答美加的問題。」

她低垂著頭，側臉被陰影覆蓋。

「保持沉默是不行的，大家都認爲妳剛才的行爲等於承認美加的推論，可是，如果眞是這樣，妳也應該坦白回答『是』。」

「美加錯了。」她沒有抬頭。

「如果錯了，那就更應該說清楚。」我的視線從她身上移開，從樹梢縫隙間望向天空，我覺得很鬱悶，爲什麼一直在說什麼應該這樣、應該那樣……

「美加的推論只能說是憑空想像，我不相信莎莉是殺人兇手。」

「妳的意思是，莎莉絕對不會躲起來？」

「我可以發誓。」

「既然這樣，妳爲什麼要跑？」我還是看著天空。事情都已至此，見她似乎又要保持沉默，我也不打算退縮了，更何況這裡沒人會聽到我的話，「爲什麼要丟掉刀子？」

理代本來雙手掩面，卻迅速抬起頭，望向我的眼睛，「你果然發現了。」

「妳悄悄離開帳篷時就被我看見了，我想和妳說話，所以就跟在妳後面，但妳的樣子看起來很奇怪，所以我就一路跟蹤妳。在觀景台那裡，妳發現我跟在後面，不是嚇得跳起來了嗎？而且似乎也拚命要我離開那邊。」

她不停點頭。

「我拒絕了妳。等妳走遠後，我開始調查妳做了什麼，後來從觀景台向下看時，見到樹枝上有一把沒看過的刀子，我心想，這樣不行，便丟了幾顆石頭，將刀子打到山崖下。」

「爲什麼要這樣做？」

「因爲，我覺得那樣不行。」我輕咳幾聲，「我怕那把刀子被丟在那裡有特殊原因。」

「你認爲我是兇手，藉機處理掉兇器？」

「不……」

「一定是，那種情況下會這麼認爲是很理所當然的，而你是爲了庇護我。」

「這……」我搔搔頭，不知該如何回答。

她的神情似乎一瞬間開朗了起來。

「如果妳不是兇手，那又是怎麼回事？能告訴我嗎？」我盤腿而坐。

「那是莎莉的刀子，上面沾著血污，是我在帳篷裡發現的。」她已有覺悟地與我面對面坐著。

「果然。」

「很不巧，我只是發現它，並沒拿它殺人。」

我苦笑。

「那天早上，我去向北野與戶田致哀時，發現了那張紙條，也就是犯人結束兇行的宣告紙條，而那把刀子就插在紙條上，用以固定紙條。」

「刀子插在紙條上？」

「沒錯，犯人留下了兇器當作證據。後來那張紙條被發現時，大家對兇手的宣告各有不同的看法，有人認爲是眞的，也有人認爲是陷阱。然而，如果連同刀子一起被發現，兇手的可信度就相當高了，前提必須是我沒有拔起那把刀子。」

「那妳爲什麼要拔掉？」

可能感到可笑吧？理代冷哼了一聲。

「那是莎莉的刀子！雖然不能就此斷定莎莉是兇手，但是我認爲那把刀子可能會惹出奇怪的誤解，所以才那麼做的。這是我當下的想法，後來仔細想想，我腦海中也浮現與美加同樣的推論，卻又懷疑這是不是眞的，如果是，就要將刀子處理掉才行……其實我自己也很煩惱。」

說出來後，理代聳了聳肩，可能是因爲吐出在胸中鬱積已久的煩惱而感到輕鬆吧！

「丟棄刀子的理由明白了，而且妳果然是那張紙條的第一發現者。那麼，除了將刀子拔起丟掉以外，紙條與稍晚大家發現時完全一樣嗎？」

「嗯？」

「當然。」她似乎有難言之隱，「我只做了一件事，就是將紙條上端撕掉了大約五公分。」

「撕成碎片後與刀子一併丟棄。」

「撕掉後丟棄？爲什麼要這麼做？」

「我說過刀子上沾了血吧？我想這是兇手故意不擦掉的，爲了表明那刀子確實是兇器。但這麼一來，就算拔起刀子，紙條上也還是有血跡，如果被敏銳一點的人看到，一定會懷疑兇器可能原本就插在這裡而被誰拿走，就算沒被發覺，那也不太自然，所以必須湮滅痕跡。」

這女孩眞厲害！我一直以爲紙條上端被撕掉具有特殊含意，原來是這麼回事。

「你看到撕破的紙條時，曾懷疑過是不是兇手做的，對吧？對不起。」

「沒關係，但這件事絕不能讓別人知道。」

「那當然。」她以開朗的語氣說著，拂高頭髮。

「妳還得解釋清楚沒有幫忙莎莉躲起來才行。眞是的，剛才怎麼會有那種過度反應？」

「大概是因爲整件事太奇怪了吧！現在回想起來，就算兇器是莎莉的刀子，那也與誰是兇手毫無關係吧？因爲莎莉下山的那天白天，所有人都有機會偷偷進入我們的帳篷，從莎莉的行李中將刀子偷走。我眞是笨。」

看來她已經振作起來了，講話用詞也輕鬆許多，而我內心的不安也消失無蹤，起身拍掉長褲臀部的泥土。

「我們回去吧？他們一定很擔心。」

「我會不好意思的。」

5

折回休息處的途中，發現放心不下、來看個究竟的江神正等著我們。

「眞對不起！」理代低頭致歉，「讓大家嚇一大跳。」

「露娜一臉寂寞地等妳回去，妳只要向她道歉就行了。」

「是的。」

在社長的催促下，她以小跑步爬上坡。我們走在後面。

「得到一些有力證言，有必要召開記者會了。」

「坦白說，我聽到了。」江神毫不愧疚地說，「我是覺得，將事情交給忍痛跑步的你，負擔會不會稍微重了些。」

「又講這種話，你全聽見了？」

「從理代發現莎莉的刀子，然後丟棄等等，這些全聽到了。不過，你目擊了行動可疑者卻隱匿不說，這一點絕不能原諒。」

「請你別說。」

「理代和你一樣都是愛操心的個性，但你更是沒事找事做。看到她丟棄刀子就以爲她是兇手，未免太過急躁。」江神微笑地叼著菸，靠在樹幹上。

「……」

「別以爲這麼簡單就能抓住兇手的狐狸尾巴。但理代這麼做，最震驚的應該是兇手吧！因爲自己故意留下來的兇器竟然在不知不覺間被處理掉了。就好像謀殺遊戲時，我吃了一記悶棍一樣。」

「謀殺遊戲？什麼意思？」

「當時龍子當被害者，我當兇手，不是嗎？」江神的嘴角再度浮現微笑，「我站在離被害者最遠的地方，大家也分散四處。對了，你和理代分別擔任偵探角色。」

「啊！」我想起來了，「那時眞的很不可思議。你是怎麼辦到的？」

「我不是說過我沒使用任何詭計嗎？更何況，我什麼也沒做。」

「什麼也沒做怎麼能殺害龍子？」

「我沒有。龍子會發出尖叫一定是 peace 做的，他可能是趁黑促狹地抱了她一下，卻沒想到龍子會大叫，大家都以為發生命案了，紛紛轉亮手電筒，而龍子也不好意思說出是 peace 惡作劇，只好盡力完成被害者的角色。這麼一來，兇手當然會愣住了。」

原來是這麼回事，世界上不可思議的事，或許都是出自於很微不足道的意外。

「你記得見到那張紙條時，最吃驚的人是誰嗎？」

「大家都一樣吧！因為內容太驚人了。」江神將香菸在樹幹上捻熄，「去召開記者會吧！但在那之前，我想問你兩、三件事。」

「請問。」我擺出迎戰姿態。

「你見到了理代處理刀子的全程經過，你有自信回答，當時她真的非常避人耳目嗎？」

「我不懂你這個問題的意思。」

「也就是她已經發現你跟蹤她了？」

「那是不可能的，她沒發現我，難道你認為我的觀察力不足採信？」我收緊下顎，用力說。

「不——接著，理代從帳篷出來時，除了刀子，還有拿其他東西嗎？」

「沒有。」

「你在樹枝上看到的刀子，顏色和形狀是？」

「這……刀柄是綠色，感覺上是滿廉價的東西。」

「我記得莎莉的刀子的確是那樣……好了，我想問的只有這些。」

江神有些問題令人不解，但我並沒追問理由。因爲我覺得就算問了，他還是不會回答。反正總有一天他會告訴我。

回到大家等待的地方後，有人露出對我與江神私下談了些什麼很感興趣的神情，江神卻一臉若無其事地走入大家中間，並讓理代坐在中央，很有要領地詢問、帶出她隱瞞的事。她毫無畏怯地依序回答。席間傳出驚愕與對她的責怪，尤以仍執著於自己論點的美加更是明顯表現不滿。

江神問完後，擊掌說：「現在不必再追究理代的責任了。但她剛剛的話中有個好消息，就是兇手似乎眞的不再殺人了，他已經丟掉兇器，而剩下的刀子都在我們的管控下。」

「大家都搭上同一艘船了，所以兇手大概也不想繼續殺人了吧！」望月自言自語地說。

旁邊有人表示贊成，但美加好像還不甘心。

「莎莉是兇手的論點還是可以成立，因爲理代並沒提出不曾藏匿莎莉的證據，也無法證明露娜或其他人沒做這件事。我不是想讓莎莉坐上兇手的位置，只是我認爲，如果她不是兇手，就應該盡快讓大家釋懷。」

「抱歉。」正樹略帶顧忌地發言，「學姐的論點是具有可能性，但……還是不具眞實性。」

「那你能條理整然地反駁我嗎？」

「不行。」他困惑地撫額，輕揉眉頭，「我沒辦法圓滿說明。」

美加當然仍緊繃著臉。

江神靜靜看著兩人。

「隊長。」夏夫是在叫江神，「該出發了吧？雖然出現一股亂流，但大家的體力應該已獲得補充，現在離正午還有段時間，總不會要在這裡吃午餐吧？」

「那就走吧！從這裡開始，路況變得比較輕鬆，希望我們最好能一口氣抵達山下。調查兇手的事就暫時擱置，等到山腳的溫泉再說。」

於是大家拿起手邊行李，繼續下山。一行人默默走下理代與我剛才跑下的連續彎道。望月與織田受不了這種沉悶氣氛，不斷找人交談，但每個人皆悶不吭聲。我已經不需要別人攙扶，琉美也能靠枴杖自己走，這時，美加的話又掠過我腦海——她能走……

剛才是峭壁懸崖，現在是深邃森林。這裡確實是六天前大夥兒高高興興地上山時走過的路，雖然時常出現熟悉景色，給人的感覺卻完全不同，讓人覺得恐怖陰森，也許德國的黑森林就是這種模樣。明明頭頂上方是夏日天空，但一路上處處是傾倒的樹木，也沒有可以停下休息的地方。

我一路上仍在思索美加那句話，「莎莉是兇手的論點還是可以成立」。她的話的確有點道理，那麼，若她說對了，結果會是如何？莎莉雖然扮演披上隱身衣的惡鬼，卻已不在我們周遭半徑一公里的距離之內，她不可能獨自通過我們十三個人團結、千辛萬苦才下得來的山路，也就是說，她一個人被留在露營區。這樣的話，她絕對會被令人發狂的孤獨啃食，如果這十三人之中有誰曾幫忙藏匿她，現在這個人等於無情地遺棄她——我眞想知道莎莉現在究竟在什麼地方。

山路向山腳延伸，希望之芽在每個人體內逐漸成長——不會再發生更可怕的事了，應該能順利下山。江神呼叫作爲先鋒的隆彥停下來吃午飯。隊伍在路旁坐下後，夕子與龍子送水給大家，所有人暫時遺忘的飢餓立刻甦醒，紛紛咀嚼起各自的飯糰。

「眞好吃！」織田唸著哲學性的字眼。

「在大自然的懷抱中吃著充滿野趣的午飯，這山上的最後一餐的確不錯。」望月接腔。

正樹仍將收音機緊貼耳朵。但其他人或許認爲已能下山，所以也不太關心收音機播了什麼，只有龍子問了一聲：「有說什麼嗎？」博士表情嚴肅地回答：「沒有。」

休息了大約三十分鐘，江神再度號令起程，並補上一句，「希望下次休息的地方不是在泥土地上。」

但只過了約莫十五分鐘的時間，我們再度被這座山嚴重背叛。

當我們靠近山澗，聽見了泉水清涼的聲音時，夕子宛如遭受電擊，大叫出聲。大家被她嚇了一跳，停下腳步。

「吊橋！是吊橋！爲什麼我之前沒想到？火山噴發得那麼厲害，加上嚴重的山崩，那座簡陋的吊橋會沒事嗎？如果……如果吊橋垮了，我們絕對無法前進了。」

我也沒想到這一點，立刻覺得心臟好像被她的話狠狠刺中。但不同反應的人很多。

「我當然知道。」夏夫冷靜地說，「這種事早該知道了，不是嗎？最不願意在上面等死的人是妳，現在還有什麼好驚訝的，不論前面是鬼或蛇，我們都必須前進。」

雖然他的語氣是罕見的帶刺，望月仍點頭附和。

「看情況再做打算吧！也許有辦法過得去。反正等一下就知道了。」

「可是吊橋如果沒了，我們也沒有到對岸的方法啊！」琉美似乎是我的同類，不安地說。

「去了就知道了。」江神，只說了一句話，便繼續默默地往前走。

隨著潺潺流水聲的接近，我的心情愈來愈緊張，愈來愈想祈禱。

「播新聞的時間了。」走在我旁邊的正樹說完，打開開關，將收音機緊貼耳畔。

我很想知道救援隊是否會來，也豎起耳朵聽著。

『……山崎小百合的雙親今晨悲傷地面對小百合小姐的遺體……』

「什麼？」這次換我驚叫出聲，「收音機剛剛說什麼？」

正樹搖頭，轉大音量。大家七嘴八舌地詢問怎麼回事，我豎起食指，要求大家噤聲，但主播的聲音夾雜了各種雜音，無法聽得很清楚，新聞快報就在焦躁不安之中結束。

「有栖，你聽到了？」正樹看著我說，「我昨天晚上就知道了，因爲是很不好的消息，我擔心會影響到大家的情緒，所以沒有說。」

「你們兩個！」隆彥克制著怒氣問，「你們到底在嘀咕什麼？沒什麼好隱瞞的了，不論是什麼壞消息都請公開！剛才誰不是講過，大家現在都是在同一艘船上的嗎？快說！」

正樹關掉收音機，回望集中在自己身上的幾道視線，「莎莉已經死了。前天，救援隊在距離山腳約莫一公里處發現她被火山彈擊中頭部，幾乎是當場死亡。剛才我和有栖聽到的是，她的雙親今晨抵達小諸，準備接回她的遺體。」

理代和琉美突然放聲慟哭，武則委頓在地，雙手抱頭，趴臥地面。

我們仍被束縛在詛咒之中。

「學姐說莎莉是兇手時，我其實忍不住想說出眞相，卻又拚命壓抑自己。我心想，反正下山後就會眞相大白，所以決定隱瞞這個壞消息，但是……還是白費氣力。」正樹望著美加，嘴唇微微顫抖地說。

美加恍惚了一會兒，不久，她摘下眼鏡，以指尖拭去眼角的淚珠，「對不起！莎莉，對不起，我不該說那種話。」

「可惡！」隆彥以手上的圓鍬敲打地面，求助似地看向江神，「這種事已經夠了！」

或許是打擊太大吧？我感到一陣耳鳴，耳鳴……不，錯了，是地震！

「又來了！」

不知道是誰大叫，所有人立刻趴在地上。這座山彷彿控訴似地再度搖晃，爆發時的轟隆聲從遠處傳來。

「橋、橋呢？」正樹朝澗谷方向爬去。

「不要動，現在過去那邊很危險。」江神說。

但正樹好像已經聽不見了。江神緊追在他身後。接著，我們之間的大地出現裂痕，裂痕的一邊正緩緩往澗谷傾斜——這種景象令我們不禁懷疑起自己的眼睛——站在傾斜那片土地上的江神、正樹與琉美三人連滾帶爬地急忙想爬上裂痕另一邊，我們趕緊伸手拉他們上來。

「樹……」

彷彿被看不見的力量推倒似地，隨著樹木一棵棵倒下，視界逐漸變得開闊，也見得到澗谷了，而勉強存在的吊橋正瘋狂地左右搖晃。

「吊橋還在！」琉美叫道。

此時，一棵大樹無聲倒下，拉住琉美的手的武一把將她推開。被推倒在地的琉美與被大樹壓在底下的武同時哀叫出聲。

然後，在我們眼前，彷彿電影的慢動作似地，吊橋慢慢墜落澗谷。

向讀者挑戰

在此暫時中斷故事，模仿本格推理小說的古典作法，由作者向讀者挑戰。

迄今爲止，本故事關於這起連續殺人事件眞兇的資料已完全備齊。在下一章，江神二郎在與有栖川有栖共同見聞之下，亦即與讀者在同樣條件之下，將揭穿兇手。

如果你的推理也已完備，請繼續閱讀下去。

第六章 離別的拂曉

1

眼前底下三十公尺是只有聲音清洌、流水卻是混濁鼠色的溪水。自水面吹上來的風彷彿還帶著屍臭。

在被神放棄的岸邊，十三個傷痕累累的年輕人完全絕望。不僅是人，連濃綠色的溪澗也彷彿處處被剝了一層皮似的，而八月的太陽仍那樣炙熱，這種情形眞的可以用「最惡劣」來形容。

大規模爆發的危機遠離，但我們的希望之燈也同時熄滅。吊橋斷裂的畫面近乎殘酷地鮮明烙印在腦海，隨時都能重新播放，有種彷彿黏上蜘蛛絲的厭惡感。

悲劇並未因此落幕。彈珠大小的火山礫擊打下來，加上摔倒時的撞擊，每個人都體無完膚。我們並排躺在樹蔭下，此地頓時有如野戰醫院。

傷勢最嚴重的是武。爲了保護琉美，一根樹幹約有成人雙手合抱粗的樹木壓在他身上，只靠我們幾個人的力量根本無法移開。我們不斷激勵他，同時找來其他傾倒的小樹，在地上挖動，利用槓桿原理，花了將近三十分鐘才將他救出來。他吐出午飯吃下的所有東西，倒臥在地，一動也不動，好不容易吐完了，沒多久又開始咳血。

「是內臟破裂……」江神擦拭額際的汗珠，低聲說。

也有肋骨骨折而刺破內臟的可能性，但我們除了祈禱不要是那種狀況外，一點辦法都沒有。

琉美的腳又出血了；織田摔倒時被石頭撞到頭，額頭裂開；交抱雙臂站著的江神似乎口腔內受傷，唇邊流出一抹鮮紅色血跡；我的身體有半邊疼痛，完全沒力氣站起來。

「博士，收音機。」望月靠坐在樹根，「收音機怎麼了？開來聽聽看。」

「掉到……溪裡了。因爲太慌張了，一時沒有拿好，對不起。」眼鏡不知飛到哪裡的正樹眨著小眼睛，抱歉地說。

龍子掉了一個水壺，哽咽地向大家道歉。雖然大家都說沒關係，她仍不斷道歉。隆彥拍拍她的肩膀，耐心地安慰她。

「現在該怎麼辦呢？」江神雙臂交抱，望著對岸。

距離粗估約是五十公尺。

——惡魔呀！對我呢喃吧！我祈求以靈魂交換翅膀。

比昨天、前天更漫長的午後開始了。我腦中浮現「永遠的午後」這幾個字。那是波普藝術的標題嗎？前衛搖滾的曲名？我暫時沉浸在搜尋回憶的遊戲裡。時間慢慢流逝，太陽如蝸牛似地在黃道上前進。我甚至在想，「坐著等死」這句話也含有某種快樂的意義！

只有風很溫柔，吹在身上非常舒服，到處傳來因疲累與絕望而不自覺陷入午睡的酣聲。彼得・狄金森有一篇推理小說名爲〈睡眠與死亡是兄弟〉。難道他們睡著以後，就再也睜不開眼皮？

我第一次見到理代的睡臉，卻令我心痛。她的眼瞼動也不動，臉頰上沾了少許塵土，是一張看似安詳的睡臉。

在入睡與閉眼靜靜坐著的人中，我忽然發現「醒著的人」只有我與江神。《醒著的人》的作者葛吉夫是基於什麼樣的心態寫書的呢？

江神駝背盤腿而坐，並望著這邊。我也望向他，視線與他交會。一種奇妙的非現實感支配我，讓我覺得映入眼中的一切景象皆如繪畫。

「江神，雖然認識時間不久，但我眞的很快樂。能遇見你，念這所大學就很值得了。」

「現在講這種話還早得很。」江神的語氣平靜，「但是，有栖，我倒是很懷念京都的風景。」

「我曾在堀川街的舊書店找到《哈姆雷特》，但當時手頭很緊，所以……如果能活著回京都，我會立刻拿著五百圓銅板去買那本書。」

「你這傢伙，連五百圓銅板也沒有？眞是個貧民。」

「我是很想要那本書，但更想讀《紅死館殺人事件》。」

江神笑得燦爛，但我不明白哪裡好笑。

「內容隨你自由想像，但這本小說的本質是幻想小說，源頭是對謎團的鄉愁。」

「什麼意思？與望月的矯情不一樣嗎？江神，我們再多談一點推理小說吧！」

「澀澤龍彥有一本書，內容是像我們這類人種的表現，談及『我的人格形成怎樣都無所謂，因為我是遊戲人』。」

「這是至理名言。」

這就像打了一針鎮定劑，只要談到自己喜歡的事，不安與恐懼就會減退許多。我們東南西北地聊著，好像兩個日晷，太陽向西移動，兩人的影子卻向東拉長。

接下來襲向我們的小事件是一場西北雨。大家因雷鳴與閃電而互相偎靠，卻總算是一場好雨，我們動員所有的容器確保飲用水不缺。驟雨過後，西方天際才剛染紅，太陽便立刻下山，月亮升起了。

2

若滿月是十五日晚上的月亮，那滿月後天的月亮就是立待月，再隔一日則是坐著等的居待月，再隔一日是寢待月，然後時間一天天往後推移。如此解釋的人並非琉美，而是唸文學系、研究芭蕉的夕子。

「『在旅途倒下，爬不起來，居待月。』這也算俳句了？」望月躺著問。

「不要搞什麼雜俳！而且，日期和季節也搞錯了。」織田立刻挖苦說。

「好像有人說過發瘋就是這樣。」

難民們隨意閒聊，反正也無事可做。只有受重傷的武正與痛苦纏鬥。

「很痛嗎？」美加靠過去。

武臉色蒼白地頷首。

美加身邊是眉頭緊蹙的江神，後面是默不作聲的夏夫。美加摸著武的額頭，轉頭望江神，嘴唇動了動，似乎在說：好燙！

除了等待也沒有其他方法。救援隊在距離山腳一公里處發現小百合的遺體，現在也許正朝這邊前進。如果等待是上上策，那麼停止嘆息，設法消遣時間也不錯，雖然這樣的想法很消極……

「有人要喝水嗎？」龍子拿著剩下的水壺問。

「妳不必這樣到處問，想喝水的人自己會開口。而且，妳自己想喝就喝啊！」隆彥不悅地說。

「你何必講那種話，太傷人了。」

琉美看著兩人鬥嘴，羨慕似地嘆息出聲。這兩人是很相稱的一對，還有，武與小百合的感覺也相當好……

入夜後，時間的腳步同樣緩慢得令人厭煩。當我抱怨時，以雙臂爲枕的夏夫建議：「躺在我旁邊一起看天空吧！我從剛剛到現在已經看見三顆流星，眞想數數一個晚上到底會有幾顆流星。『在流星底下許願，不要熱死』。」

「我還以爲只有望月，沒想到連你也模仿西行的雜俳。無聊！」我說。

往上飄飛的火山灰偶爾形成一層面紗，但自地面往無窮邊際擴展的夜空卻奪走了我的心。在都市長大的我，第一次實際感受到星星眞的會眨眼。不過，美中不足的是，仰望夜空的臉上不時會有火山灰輕輕飄落，而女孩們都頻頻表示想洗頭髮。

天體移動，夜更深了。

「請大家集合。」

我坐起來，發現是江神在說話。他站在月光下，眼眸中溢滿憂鬱。散開的人都過來集合了，似乎想知道他想說什麼，只有美加還留在躺著的武身旁。

「大家可能都想不到這段假期會變這樣吧？在這裡發生的一連串事故，包括殺人事件在內，都不是任何人的錯，幸好有琉美，我們可以將這些亂七八糟的事全怪在月亮頭上，山也好，人也好，全因月亮而發狂。但我們都感到由衷地疲倦了，所以我想在今晚將瘋狂終結，並讓大家明白受到月亮最強烈影響的人是誰。今晚也是莎莉的守靈夜，就將一切做個解決吧！畢竟，大家今晚都想睡個好覺。」

江神有如魔術師唸咒似的聲音在衆人耳朵深處迴響，可能因爲還不瞭解其意，故無人開口。

「從五天前的晚上，齒輪便出現了錯亂。我不明白那天晚上究竟出了什麼事，也不知道是否眞有美加說的那件事，我只知道，莎莉在天亮後下山了。」

江神的聲音彷彿蕭索的笛音流瀉在傷痕累累的溪澗。

我終於發現江神準備揭開兇手的眞面目了，不禁嚥下一口唾液，喉嚨咕嚕出聲。

「那天早上發生火山爆發，可能是在那天中午，兇手產生了殺意，從莎莉留下的行李中拿出刀子。晚上，戸田文雄被殺，留下『Y』的死前訊息，誰也沒有不在現場證明。結論是一無所知，兇手完全沒留下絲毫線索而完成殺人行爲。

「翌日晚上，發生第二次火山爆發，尙三消失。雖然那也是一樁奇妙之事，但更奇妙的是，有人播放錄有尙三歌聲的錄音帶，然後北野勉遇害。與上次相同，現場留下『y』的死前訊息，所有人也沒有不在場證明。兇手爲了擾亂搜查，故意留下各種東西，令人難以找出其中意義。

「首先是勉肩上的右掌血印，然後是兇手去小溪洗手的痕跡，接著則是那天夜裡所寫、留給我們的結束行兇宣告。最後，理代處理掉兇器，望月相機內的底片被偷，緊接著又發現尙三被截斷的手指。在這些資訊齊全時，我認爲有兩個人具有嫌疑，其中一人是莎莉。關於莎莉是兇手的說法，美加也持相同觀點，若略過其非現實性，便不能否定這個推論，但是……莎莉死了。」

二減一等於一。此時，江神的腦海中正浮現兇手的姓名。我靜靜聽下去。

「其實在勉遇害後，我終於能找出兇手。現在就依序說明我如何將兇手歸納爲兩個人的過程。

「剛才說過，兇手殺勉時留下了各種東西，但問題只在於勉肩上的右手血印。這個血手印意味兇手被勉的鮮血濺到手，以及兇手慣用的是右手。話雖如此，但因爲所有人都是右撇子，這一點就似乎不怎麼重要了，然而我卻愈來愈無法釋然。

「接下來，兇手顯然曾走至小溪清洗右手。那天我爲了汲水，是最後一個走過那條小路的人，但我記得自己並沒掉落十根火柴與『soleil』的空火柴盒，所以只能認爲是兇手行兇後走那條路時留下的。

「我試著分析這些火柴與空盒，這些東西引起了我的興趣。燃燒過的火柴總共十根，若是爲了走下崎嶇小路而作爲照明之用，十根火柴未免太少了點。導出這個疑問的解答是，每一根火柴都是燒到拿不住爲止，還有這個丟在地上的空火柴盒，換句話說，兇手用光了手邊的火柴。如果要問這麼做的用意……」

「兇手沒帶手電筒或打火機。」望月立刻打岔，「因此，兇手不是漏了準備，就是不抽菸。」

「大概就是這樣。但這些火柴與火柴盒會強烈吸引我的地方不只如此，而是其中令人不解的疑點。望月，你沒注意到吧？」江神微笑問。

望月無法回答，只好承認。

江神移開一瞬間停留在望月身上的視線，再度開口：「大家都認爲沒有任何可疑之處，但是奇怪的就是這個『沒有任何可疑之處』。我們假設的前提是，那是右手被血濺到的兇手爲了洗掉血污而走至小溪時留下的東西，換句話說，劃亮火柴時，兇手右手的血污怎麼會沒沾上火柴或火柴盒上面，這不是很可疑嗎？」

「啊！」正樹輕忽出聲。

「我想我也沒必要現在拿出證物重新觀察，大家應該都還記得證物上完全沒有痕跡。那麼，我們來想一下這意味了什麼，因爲兇手沾有血污的右手，不可能完全沒弄髒火柴與火柴盒。」

「兇手會不會戴了手套？」夏夫說。

「如果打算殺人，先戴上手套是不足爲奇，但是戴著手套很難劃亮火柴，而且手套也會沾上血跡。如果你是兇手，這麼做能避免弄髒火柴嗎？」

「那麼……是這樣吧！」夏夫接腔，「兇手刺殺勉時戴著手套。勉肩上的血印其實是兇手戴手套時的手印，因此，脫下手套後，兇手的手仍是乾淨的，劃亮火柴時，火柴與火柴盒當然不會弄髒了。」

「的確沒錯。但這樣也不必下去小溪洗手了。」

「沒錯。」夏夫搔頭。

「如果是我，可以單手劃亮火柴。」這次是隆彥開口，「兇手的右手也許沾上血污，但左手大概是乾淨的，或許他只用左手點火。」

「火柴的確能以單手劃亮，不過，peace，你能以左手辦到這件事嗎？兇手是右撇子，雖然不是不可能，但右撇子要以左手劃亮火柴需要相當高超的技巧，而且兇手也可能左手拿火柴盒，嘴巴咬著火柴劃亮，問題在於，兇手爲什麼這麼討厭弄髒火柴到這種程度？如果不是絕不能讓火柴沾到血，那就是兇手劃亮火柴時的手是乾淨的。」

我前面的夏夫低聲喃喃，聽到這裡時再度舉手要求發言。

「我不懂你的意思。剛才我雖然說了蠢話，但你現在說『兇手劃亮火柴時的手是乾淨的』又是怎麼回事？兇手的手如果沒髒，何必到溪邊洗手？」

「不，你錯了。」正樹突然高聲說，周圍的人被他嚇了一跳，他卻逕自說下去，「一點都不奇怪。兇手的手在劃亮火柴時是乾淨的，但在劃亮火柴以前是髒的，也就是說，兇手是洗過手後再劃亮火柴。」

「沒有人能長話短說嗎？」夕子不耐煩地問。

眼睛半瞎的正樹眯眼望著江神。江神頷首，表示見解一致。

「正樹博士說得沒錯，那就是唯一的解釋。兇手是到溪邊將右手的血漬洗乾淨，在回程時使用那些火柴。這麼一來，也能一起說明以十根火柴照明顯得太少的疑點。然而這時又會出現另一個問題——兇手是以什麼爲照明下到溪邊？」

我的視線在此時剛好與江神對上，他似乎在說：你說說看。

「是手電筒或打火機。」

「除了手電筒或打火機，我也想不到其他東西。問題再往前推，爲何兇手去與回來的時候使用不同的照明工具？答案只有一個，就是去程時使用的照明工具在回程時無法使用。這已經是自問自答的終點了。此時我想到了第一個發現勉、低頭呆望的武的身影，而武的腳邊掉落一個手電筒——疑似因發現屍體的巨大衝擊而失手摔壞的手電筒。」

「等一下！」夏夫大叫，「等……一下，這是什麼意思？」

完全令人混亂至極的一番話。夏夫回頭看武，我也是，而枕在美加膝上的武則面朝江神，但無從辨別他的眼睛是睜開還閉著的。

「我的結論是，兇手就是武。他聽說勉爲了畫不一樣的景色而改變作畫地點，於是到樹林裡找他。找到之後，他悄悄走近勉身後，右手持刀繞至勉的身體前方，刺入他的胸口。他沒料到右手會濺到血，爲了洗掉血跡，他拿著手電筒走下通往溪邊的小路，但這時發生了意外，手電筒不知撞到什麼而摔壞。」

「咦？」美加此時凝視武的臉，「你說什麼？」

側耳靜聽，能清楚聽見武的聲音。

「……洗手時……掉到地上……」

沉默持續。兇手已承認江神的推理無誤。我腦中浮現大門軋軋出聲，緩緩打開的情景。

「好，是掉到地上壞了。」江神面無表情地繼續說明，「他置身於黑暗中，一瞬間可能很焦躁，幸好口袋裡有『soleil』的火柴盒。洗好手後，他掏出火柴盒，很愼重地一根根劃亮往回走。總共有十根，正好用完後，就將沒有證物價值的火柴盒與火柴丟棄，然後假裝上洗手間或散步回來，走回自己的帳篷。

「不久，因爲勉的未歸而發生騷動，大家分頭到樹林裡找人，武的手上只有壞掉的手電筒，必然得立刻說明壞掉的原委，否則一定會被問手電筒怎麼了。所以他讓自己成爲屍體的發現者，演出因過度震驚而使手電筒失手摔壞的戲碼。命案現場有不需穿越黑暗樹林就能回到營地的捷徑，發現屍體後，爲了回帳篷，只要反過來走下理代與正樹他們上來的山丘就行。他站在屍體旁邊，讓壞掉的手電筒掉在腳邊，然後大叫。」

武沉默不語，這是表示江神的話並無重大錯誤嗎？

「別認爲這樣已順利完成僞裝，因爲那時我就覺得有點怪。就這樣，雖然有些令人捏一把冷汗的意外，他也遂行了殺人行動。這時為了讓大家不再害怕還會有人死亡，他發出終止行兇的宣告。

「宣告終止行兇時，他也非常慎重。紙條是拿貼在帳篷外的標示紙條，筆則借用勉的鋼筆，每一樣都是隨手可得的東西。當然，他也刻意讓筆跡顯得無法鑑定，也難怪他這時會認為沒問題了，然而，他卻在這裡稍微露出了馬腳。

「是什麼樣的破綻待會兒再說。看到那張紙條時，我煩惱的是：這眞的是兇手寫的嗎？還有，我對紙條上端被撕掉的部分也有些不能釋然。但這兩個疑問都在今天解開了，理代一大早便發現了紙條，因為插在紙條上的是莎莉的刀子而感到慌亂，於是決定處理掉那把刀子，並撕去紙條上端，湮滅刀子插入過的痕跡。為求愼重起見，我試著驗證她話中的眞假，最後從有栖那裡得到證實，因為有栖目擊她悄悄走出帳篷，直到丟棄刀子為止的整個過程。但這傢伙並沒告訴我。」

我低頭，並偷瞄了理代一眼，發現她也與我一樣低頭聽著。

「這張宣告引起了最大的注意，也讓人無法判斷是誰所寫，而且，後來也確實沒再發生命案，另外，紙條上原本還插著兇器——有了這些齊全的資訊，已足以斷定寫紙條的人就是眞兇。」

「你光憑這些資料就知道寫紙條的人是誰？剛剛你說武露出馬腳，就是因為這些？我總覺得這樣好像只憑著表象判斷。」織田問。

「要我試給你看嗎？」江神輕咳幾聲，「你可以稍微改變切入點，這是我觸摸紙條時發現的。」

江神看向正樹。但正樹這回似乎也猜不透了，自言自語：「是什麼呢？」

「當我撫摸紙條表面時，我就發現紙面非常光滑，背面也一樣。這表示兇手寫字時，底下一定有墊東西，如果沒有墊東西，又寫得那麼用力，紙張表面絕對會凹凸不平。那兇手是以什麼墊在底下？我不認為紙、筆都是拿現場東西的兇手會自己攜帶墊板，所以應該還是拿帳篷裡的東西，但我再怎麼找都沒發現類似的東西，就連第二次檢查隨身物品時也一樣，但兇手又不可能在帳篷的地面書寫。

「正覺得百思不解時，我忽然明白了，那個東西是兇手帶走了。兇手寫那張紙條的時間應該是在安置勉的遺體後，到翌晨理代發現前的這段時間寫的。在這段時間內，若說有什麼可以拿來墊著寫的東西，就只有武拿來的黑白棋棋盤。武一聽到夏夫想玩黑白棋，卻又不願進入放遺體的帳篷拿時，便立刻自告奮勇，並帶上藏在附近的刀子進去，迅速在紙條寫下那些內容。」

武再次呻吟，他連說一句「沒錯」都得花相當大的力氣。

「殺害文雄前，刀子應該是藏在樹林裡的枯樹空洞中，殺人後則是置於文雄的屍體下。不過誰都沒注意到……」

「武，你沒必要勉強說話，只要在江神說錯時說聲『錯了』就好。」美加眼眶溼潤地說。

「江神。」夏夫聲音顫抖，坐立不安地站起來，「武為什麼是『Y』？你不會說他是因為某種理由才要嫁禍給夕子吧？」

「我盡可能地不去思考關於死前訊息的事。事實上，我認為這麼多人都無法解讀的死前訊息是個很嚴重的缺陷，與命案無關。但當確定武是兇手後，我便努力尋找其意義。

「以這個為前提，我將第二個死前訊息，也就是勉的素描簿上的『y』認為是武的偽裝。這個理由與你說過的一樣，勉知道最初的死前訊息『Y』令大家苦惱，不可能臨死前還寫『y』。所以必須考慮的只有第一個死前訊息。

「那這個『Y』代表什麼？英文字母的Y與武的名字無關，那會是漢字嗎？平假名？或片假名？但這些彼此間都沒有關連，不是武，也非年野。等一下，年野？會不會是把『としの』讀錯了？如果平假名的『と』寫到一半，被害者力盡，不就變成『Y』了？我也覺得這樣的解釋不盡合理，便繼續蒐證，突然注意到其中存在了意外與必然性。首先是『ねんの』錯讀爲『としの』的必然性。除了第一次見面介紹成員時，我們平時將武的姓氏讀成『としの』有幾次？大家都喜歡互相叫綽號、暱稱、名字，到頭來都不太記得各人的姓氏，帳篷上的標示紙條雖然寫了全名，但還是很可能搞錯讀法，更何況他的姓唸成『としの』感覺上更自然。」（譯註：年野可讀爲としの，tosino，也可讀爲ねんの，nenno）

夏夫立刻反駁，「你說的還算有道理，但是文雄爲什麼不寫叫慣的『たけし』？」

「這中間也存在著必然性。文雄很可能也想寫『たけし』，但他剩下的力氣連一個『と』也寫不完。他很困惑，也知道自己快沒力氣而不寫『たけし』，因爲他知道，這樣一來，大家會不明白他指的是『武』或『竹下』。不是嗎？」（譯註：年野・武的日文爲としの・たけし，竹下的日文也讀爲たけし）

夏夫頹然萎坐，似乎無法接受。

「沒錯。」武開口，「文雄曾叫我『としの』，在我們兩人一起時。所以我立刻明白『Y』的意義，但你們卻誤以爲是英文字母的Y，所以我在殺勉時，便寫下書寫體『y』，這樣一來，離我的姓名就愈來愈遠了。」

江神憂傷地點頭。

3

「江神，你說北野被殺時，就已經知道兇手是兩個人之一？」正樹以稍強硬的語氣問。

「沒錯。」江神回答。

「不，我想應該不是，那時你應該已經確定兇手就是武。基於可能性的問題，你保留莎莉是兇手的看法未免太過愼重。何況，你若眞的這樣認爲就太奇怪了。你在考慮莎莉也許是兇手時，難道也沒想過尙三是兇手的可能性嗎？剛才你完全沒提到尙三，他到底怎麼了？還活著嗎？或是已經死了？如果他還活著，就和莎莉一樣，有可能是兇手，因爲他沒有不在場證明。而且，就他的情形來說，他也能適用方才美加說的『底片被偷』的解釋，因爲望月拍到了幽靈似的尙三。」

「武已經承認是他所爲，你和夏夫還要提出那種假設？」江神直直凝視正樹。

「因爲不希望武是兇手。」回答的不是夏夫、正樹，而是隆彥。他的雙眸中有濃濃的悲傷。

「我也……我不認爲我們有人是兇手。我總覺得，如果像夕子說的那樣，是傑森下的手，我們還能獲得救贖。」美加說。

「明明是我……」武無力地說了。

「尙三不可能是兇手。博士似乎有點錯亂了。」望月打岔，「別忘了血手印。那右手手印有五根手指。」

「我沒有錯亂。」正樹搖頭說，「江神，尙三因爲某種理由而在殺害勉之後失去無名指，這推論應該也很正常吧？」

望月被正樹的話制住了。的確，我們無法確定那根手指是何時放進文雄的口袋。

「沒錯，很正常。」

「既然如此，尙三是兇手的可能性也存在了？」

「不，沒有。就算勉遇害時，尙三還活著，而且他的無名指沒被切下，他也無法行兇，因爲戒指卡住使他的無名指無法彎曲。」

正樹輕輕「唔」了一聲，「不能握住刀子……」

「沒錯，只要試過就會明白。無名指若無法彎曲就絕對無法用力握住刀子，因此尙三不可能是兇手，而且已經死亡。」

「是我……我殺死尙三。」武用盡全力似地說。

沉默來訪。

「你把尙三的屍體推落斷崖？」江神平靜地問。

武頷首。

「原來如此。截斷手指是在火山爆發後？」

武再度點頭。

江神重新面對大家，開口，「我認爲，發現尙三的手指時，他已經成爲第二個犧牲者。但我不明白兇手爲何要藏起屍體，殺害文雄與勉後，兇手並沒有藏匿屍體，那麼兇手爲何必須讓尙三的屍體消失？

「這其中有無限的可能性。首先是屍體一旦被發現就知道誰是兇手的情況。譬如兇手遇上尙三抵抗，自己也受了傷，血跡留在尙三的衣服上。但若如此，只要處理掉尙三的衣服就行了，無法構成讓屍體消失的理由。而且就算兇手受傷，應該也不會是多嚴重的傷勢，因爲當時我們之中沒有人受重傷，所以屍體身上應該不會有太多兇手的血。那麼，原因何在？」

「有無限的可能性。」正樹引用江神剛剛的話，「譬如兇手不是用刀子，而是徒手勒死尙三，結果尙三頸項留下兇手鮮明的手印。」

「不，應該不對。因爲兇手切斷了尙三的手指，也就是說，當時兇手身上帶著刀子。雖然有無限可能，但那個晚上發生的最嚴重、而且是兇手最意外的事，大概就是第二次的火山爆發，這其中可能因此出了什麼意外狀況，導致兇手不得不讓屍體消失。

「武，我繼續說明，如果我錯了，請訂正我。假設兇手是武，那他是在何時殺害尙三？他在火山噴發前有個機會，而且，若在噴發前行兇，就不得不讓屍體消失。請回想每個人在火山噴發前的行動——女孩們都已就寢，我也早早就回帳篷睡覺，有栖與夏夫在廣場喝咖啡，望月與信長在他們附近，

peace與博士也是，在樹林裡徘徊的只有三個人，去素描的勉，去散步的尙三與武。而這三人中，只有武在噴火前走出樹林，那時……應該是殺了尙三後才回來的吧！」

原來是這樣……

「你們懂了嗎？兇行若在火山爆發前發生，沒有不在場證明的只有武與勉兩人，所以他是利用大家對噴火的恐慌，持刀至黑暗的樹林中殺害尙三，之後冷靜地回到帳篷，照他的預期，大家在擔心勉的未歸而至樹林內搜尋時就會發現屍體；或是沒注意到，屆時就會像文雄那樣，到翌日早上才被發現。

「但事情卻不如想像中順利，火山爆發了。這麼一來，事情會如何演變呢？炙熱的火山灰與砂土飄降，雖然我不知道尙三的遺體是仰躺或俯臥，但他的白色外套只有一面會弄髒。不只外套，儘管命案現場在樹林裡，但尙三的頭、臉，或裸露的手臂也會留下火山爆發的痕跡。等到火山活動結束後，屍體一旦被發現會演變成什麼情況？豈不是能判斷尙三在噴火前就已成爲屍體、倒在地上？

「請回想一下。火山爆發前，沒有不在場證明的只有武與勉，而勉是下一位被害者，因此，對武而言，他絕對得避免涉嫌者被限定爲自己與勉兩人。所以爲了不讓大家發現屍體，只好將屍體推落斷崖。」

「然後在那之前切下尙三的無名指？果然還是捨不得戒指？」織田問。

「想想，那是心愛的人的貼身寶物，而且極可能就是遺物，他怎麼捨得丟棄？但他又必須消滅屍體，所以只好切斷手指，將屍體推落斷崖吧？」江神略略低下頭。

「猜對了……」

江神繼續，「剛才說的全都在火山爆發時的混亂中進行。屍體雖然在我們看不見的地方，但屍體的手指卻留下了。兇手一定很煩惱該如何處置這截手指，他不能帶在身上，如果被發現，問題就嚴重了，如果可以，他也想丟掉，但手指上嵌了心愛之人的分身，無論如何他都不願放棄這個不可取代的東西，所以他只能慎重保管這截手指了。」

「所以就藏在文雄的口袋裡？」正樹似乎能理解。

江神搖頭，「最後確實因爲文雄的口袋是死角而藏放該處，但火山爆發後並沒有多餘時間這麼做，所以他先將戒指藏在某個地方。」

江神又看向武，後者露出了微笑。

「江神，你……你知道得……眞清楚。」

「武正在猶豫要將手指藏在哪裡時，忽然見到倒臥地上的你。」江神將視線移到望月臉上。

「我？」

「沒錯，他見到因爲撞到樹幹而昏迷不醒的你。當時他怎麼做呢？很遺憾，他沒救醒你，他眼中只看見你掉在身旁的相機。」

「我看到……噴火前，望月在我面前裝上……能拍三十六張的新底片。」武又愉快地笑了。

「剛換上新底片的照相機……武看見後，他打開相機後蓋，拿出底片，放進手指，又將相機重新放回地上。」

「拿出底片？當時……」似乎吃了一悶棍，望月圓睜雙眼。

「沒錯，因爲他認爲剛換底片的相機應該不會太快又打開後蓋。」

「江神……沒錯……」

「沒必要的時候不要勉強開口——對了，剛才說到哪？啊！想起來了，武借用了望月的相機，卻估計錯誤，因爲望月一天內便拍完了三十六張底片，因此照相機成了不安全的置物櫃，他必須盡快拿回手指，所以他安排了錄音帶的鬧劇釣出望月，趁隙取回手指。」

「你的意思是，我整天按著沒有底片的相機快門？」望月愕然，「可是……我在昏迷不醒前拍了三張火山的照片，翌晨檢查張數時，顯示的是第四張……」

「那是當然，武不可能那麼粗心，拿掉底片後，他還按了三次快門。」

「這麼說，我拚命回憶，製作第幾張拍攝什麼的明細完全是做白工？」

「辛苦你了。」

「你居然完全知道……」武說。

「因爲我不認爲發生錄音帶惡作劇時，底片會被人從相機裡取出。以兇手的角度來分析就知道了，要趁騷動發生，進入別人帳篷動手腳時，應該會想盡快達成目的離開，若要捲完底片才拿走，還不如一開始就拿走相機，一併丟棄，畢竟兇手連錄音機都能拿到，一台相機想必也不會太難。因此，我終於明白兇手的目的不是底片。就這樣，斷指第二次的藏放位置選擇了文雄的口袋，順便也將刀子藏在屍體底下。」

江神可能講累了，深深地吁出一口氣，「抱歉，能給我喝口水嗎？」

龍子從水壺倒了一杯水遞給他。

「將照相機當置物櫃使用也是個不錯的點子，但我覺得這也是武的習慣。在這一連串事件中，他借用了多少別人的東西呢——莎莉的刀子，夕子的錄音機，藏手指的望月的相機與文雄的口袋，宣告兇行結束的是理代她們的帳篷標示紙張與勉的鋼筆，這些全是別人的東西，而且是自己團體以外的人的東西。」

一陣微弱的掌聲忽然響起——是武。

4

兇手是誰已經很清楚，但還有尚未明白的事。

「武是殺害勉和文雄的兇手……可是，為什麼？」夏夫無力地自語。

江神手扶著腰，嘆息，「我也不知道。如果只憑想像，應該是與美加剛剛說的一樣，很可能是那三人對莎莉做出不該做的事，那既是莎莉獨自下山的原因，也可能是武替莎莉報仇的動機。」

「不對。」是武的聲音。

「不要太勉強了。」美加制止。

「不要緊。」武以嘶啞的聲音回答，露出微笑，「美加，妳說過妳看見莎莉獨自站在樹林裡，對吧？她不是睡不著出去散步，而是在等我，因爲我們約好等大家睡著後進行午夜約會，只有白天還不夠，我希望能與她有更多、更多的時間相處……可是，如果我們沒這麼做就好了，月亮……月亮太亮了，我們進入樹林深處，坐下，交談……僅僅認識兩天，我們卻覺得彼此再也無法分開，於是我與莎莉在月光下的樹林裡結合了……這時，文雄與勉經過……他們喝醉了……他們兩人的冷嘲熱諷，我至今仍牢牢記得，而且一想起來就毛骨悚然。夏夫聽到的應該也是眞的，那兩人也覺得 peace 與龍子的事很無趣，同樣極盡諷刺能事……莎莉因此哭了，甩開我，跑步離去。她奪回給我保管的十字架，緊緊按在胸口……她一定受到極大的傷害！而我……我只是愣在原地……

「不久，我感到強烈的憤怒，便衝向兩人……結果肚子卻被勉打了兩拳，又被文雄踹了幾腳，很快就倒地，頭部撞到樹根昏迷不醒。那兩人似乎滿意了，笑著離開，說是明晚要找龍子學習一下之類的……我知道那兩個傢伙喝醉了，等第二天清醒後，又會毫不在乎地來找我聊天，完全不記得有這件事……

「一聽到莎莉下山，我立刻明白爲什麼……她不是隨便的女孩，是有潔癖、虔誠的基督徒……她可能無法繼續在這裡待下去了，只是……爲什麼連我也不說一聲？我好難過……」

「莎莉應該有來過。」夏夫出聲說，「那天黎明時。我與武醒來後仍躺著聊天，有栖，我應該有告訴過你吧？當時，莎莉或許有到我們的帳篷前，但是因爲聽到我的聲音，才沒與你話別……對不起，武。」

夏夫低頭致歉。但武沒有看到。

「我是個悲觀主義者，見到山崩的現場，立刻認爲莎莉已經遭遇不幸了，但事實上，她已到了距離山腳一公里處，我卻還以爲她被埋在那些土石底下……這彷彿從幸福的頂端掉落地獄的深淵，我不死心！什麼是絕不分離？連最後的道別都沒說……如果莎莉眞的因爲火山爆發而死，我也想與她死在一起，這樣，我的一生或許不會太糟，儘管不能說幸福，也算充滿戲劇化了……但我連這點程度都做不到……我將無處發洩的憤怒與絕望轉移至文雄與勉身上。既然莎莉沒救了，既然自己也想死，既然要以悲劇結束這可笑的一生，那麼何不讓共演者一起結束？」

「爲什麼殺死尙三？」夏夫以顫抖的聲音問，「我不懂。」

武稍微思索後，難過地、慢慢地開口，「我……太過任意妄爲了……我認爲文雄與勉不能活著的理由已經很薄弱，而尙三的死更是毫無理由，只因爲他從那兩人口中得知這件事，對我說：『我聽說了，你的挫敗……』我無法忍受有人知道那天晚上的事，更何況是尙三……」

「爲什麼特別不希望尙三知道？」

武似乎難以啓齒，「莎莉……喜歡我，我已經毫不懷疑……」

「是現在嗎？難道你曾經懷疑過？」

「沒錯。我曾有一瞬間誤會過莎莉喜歡尙三，會殺死尙三，就是因爲那個『一瞬間』……那傢伙在樹林中對我說『你以爲莎莉是你的』時，我立刻明白我想隱藏的事被知道了，更何況一想到莎莉眞正喜歡的人是尙三時，一瞬間就……就用刀子刺向他……我帶著刀子……是爲了殺勉……但那傢伙出現，又說出那樣的話……」

——你以爲莎莉是你的？

就因爲這句話誤會小百合喜歡的不是自己，而是尙三……我想到了一件事！

「武！你聽到了我與理代說的話吧！就是那天白天，你在挖掘被土石掩埋的山路時，我們正好走到那裡。當時我們聊著莎莉的事，一邊往下走，一看見你便沒再繼續談下去，但你應該是聽見我們最後的幾句話吧？理代，妳還記得嗎？」

她搖頭。

我記得很清楚，當時理代問我，我認爲莎莉是什麼樣的女孩。她說莎莉雖然從未談過有關男孩的話題，卻說過好像有人與武爭奪莎莉……

——但如果是武，我就能瞭解了，因爲他好像也有別人看不見的一面，而且應該能與莎莉對同樣的事大笑或流淚，所以我一直覺得，喜歡莎莉的人是武實在太好了。

——爲什麼這麼說？喜歡莎莉的人是武……聽起來好像還有其他人喜歡莎莉。

——嗯，是尙三。他喜歡莎莉。

「理代是說尙三喜歡莎莉，但武只聽見片段，便誤以爲是莎莉喜歡尙三，對吧？」

武閉上眼睛，點點頭，「我眞愚蠢，居然誤會了，直到後來……才發覺。」

結束了，在這裡發生的所有事情已完全明朗。

美加的淚珠有一滴滴落武的額頭。

「江神。」武微微睜開眼，看向完美扮演偵探角色的江神，「不是……因爲月亮，是在盛夏的熾熱陽光下，我拿到莎莉的刀子，窺見殺人的機會。我……不是因爲月亮才想……殺人。我在樹林中擁抱莎莉也不是因爲月亮，是因爲我喜歡她……與月亮的亮光與形狀完全無關，所以……希望你不要說是月亮的關係。」

江神不停點頭，似乎在說：我知道了。

「謝謝……你代替我讓眞相大白。現在的我覺得很輕鬆，說話也不太感到痛苦。如果……我不是這樣的話，我會親口向大家說明的……不過，太好了，有江神幫我。但是……眞的很有意思，我好想知道，自己拚命隱藏的狐狸尾巴爲何會被抓到……」武安心地微笑。

「武，別說話了，好好休息。」江神制止道。

「各位，我知道自己會死，但我不認爲自己會被逮捕。我覺得怎麼樣都無所謂，也不覺得有什麼可怕，只是盡力隱瞞所有蛛絲馬跡。二十年來，我都是全力與共演者一決勝負……我抱持著『過來吧！我絕不會輸，不會被拆穿眞面目』的心理不斷戰鬥。」武不聽勸，執意地說，甚至略略仰頭看著江神，「這是一場遊戲，我強迫大家參加，我要自己決定規則，重新制定遊戲，每個人都是我的敵人，尤其是你……江神。」

「不要再說了。」江神低下頭，然後彷彿斷線的傀儡似地倒下，仰躺在草地上。

沉默來訪。不可思議的是，在這種情況下，籠罩我們的卻是安詳的寧靜。我不確定自己是否瞭解武的自白，也懷疑他怎能就因爲這樣而奪走三條人命，但我仍接納了他的故事，在月光下，在安詳的靜寂中，我決定相信他對人生感受到的不滿，以及想保護珍視之物的單純。

「睡吧！」夏夫打破沉默說，「想著快樂的事，慢慢入睡，想著明天早上醒來，所有煩惱都會消失，讓自己做一場色彩繽紛的美夢。」

就這樣，沒有人再開口，連蟲聲也斷絕了。

沒多久，我聽到了江神的鼾聲，而且好像是故意發出的鼾聲。

我與夏夫並肩躺著。火山的灰色濃煙已經散開，透出晶亮的星空，微缺的月亮誇張地俯瞰下方——沒有流星。

我像這樣看著天空，應該過了將近一小時了吧！

「夏夫，你醒著嗎？」我低聲叫著。

沒有回答。轉頭一看，他熟睡的臉龐像個小孩似的，周遭也沒人醒著的聲息，大家或許都在七彩的夢中悠遊吧？我再度仰望星空，夏夫教過我，那是天鵝座，那是仙后座。我覺得，這些星座一定能將這裡每個人的夢境帶到天際。

我也想睡了，只是，我有點擔心，夜空有太多星星了，有讓我的夢加入的空間嗎……我在腦海中描繪最喜歡的事、最快樂的事，其間夾雜心愛之人的笑聲、哭聲、憤怒、悲哀、歌唱、奔跑、吃飯、說話……

不久，彷彿退潮捲走細沙似地，睡眠也帶走了一切。

※

我聽到誰的聲音——很悲切的叫聲。

我的意識仍舊模糊，卻努力想聽清楚。發生什麼事了？我硬是將睡魔驅逐出腦海，東方天際似乎有了亮光，但天色仍很昏暗。

「武……武？」

是美加的聲音。她趴伏在武身上，凝視武的臉，搖晃他的肩膀。

武怎麼了嗎？我茫然地看向他。

「怎麼回事？」江神翻身站起，跑向美加與武身邊。

「武……去找莎莉了。」美加的表情扭曲，看著江神。

終曲

救援隊出現了。在武嘶下最後一口氣的三小時後，自衛隊的直升機出現在我們頭上。我們陶醉地望著螺旋槳發出巨大聲響的直升機在我們上空盤旋。

直升機分成四趟將遇難者運回山下，我們推研社的四人殿後。隨著直升機的飛升，我們默默凝視下方逐漸消失的澗谷。

※

我們所有人全被收容在小諸的醫院，接受治療後，並住院至體力恢復爲止。琉美與我的傷勢較嚴重，望月被救出後更是高燒不斷，幸好我們最後都沒事。聽到救出受困者的報導，每個人的家屬都鬆了口氣地趕來，翌日，除了少數幾個人，其他人都出院了。至於武、文雄、尙三與勉的家人如何，我不知道。

※

再隔日，我們從病房窗口目送雄林大學的人離開，他們朝我們揮揮手，各自回東京或老家了。

走在最後的夕子不捨似地倒退走到門口，又哭又笑地敬禮後，消失了身影。

※

這天晚上，大概是十一點左右，遠處傳來轟隆的爆炸聲，並伴隨著地震。我跳起來衝向窗口，望向矢吹山。矢吹山山頂一片鮮紅！我的臉緊貼不斷因震動而共鳴的玻璃窗，凝視那片鮮紅。

「Y的悲劇的最終樂章。」

「什麼？」我回頭。

與我同病房的望月站在我背後。

「矢吹山、雄林大學、山崎小百合、死前訊息……Y的悲劇隨這次的火山爆發而落幕。」

我眼前浮現露營區的各色帳篷，文雄、勉、尙三的遺體，還有飄落在這之上的石塊與火山灰。

那是出院的前夕。

※

理代獨自來送行。

「幾點的車？」穿著耀眼白色洋裝的理代問。

「八點整，還有十分鐘吧？」江神回答，「到長野後，改搭特快車，三點就能回到京都。」

「你們算是先走一步了。我也很懷念神戶。」

額頭貼著繃帶的織田與痊癒的望月往前走。
「希望彼此都不要忘記這個夏天的事。」
「下次再見。」
兩人與理代握手後，進入已入站的列車。
「保重。」江神說。
「你也一樣。」理代伸出手，「露娜要我替她向你致意。」
「謝謝，麻煩幫我向露娜問候一聲。」
「她說每次見到月亮就會想起你。」
江神放開握住對方的手，消失於車廂中。
「這眞是一個難忘的暑假。」我說。
她默默頷首，臉上掠過失去朋友的憂傷與對殘酷命運的哀悽。
「我喜歡妳。」
她寂寞地微笑，卻令人失望地什麼也沒說。
我看了一眼手錶與車站的掛鐘，距離開車時間還有三分鐘。
「如果可能，回大阪後希望能再見面。」
一瞬間，她臉上的寂寞加深，並浮現些許猶豫。
我再度看向掛鐘，內心焦急，已經沒多少時間了。

「對不起，有栖，已經有人在等我了。」

我覺得腳下似乎突然出現一個大洞，她的聲音在我耳邊迴盪。

「是嗎……那就應該和對方一起露營……」

說這種話也太酸了！

「因爲他參加划船社的集訓……」

突然，她變成很遙遠的存在。是嗎？是就讀京都的大學的高中學長嗎？

不給我考慮該怎麼回答的時間，開車鈴聲便響起了。我慌忙衝上車，站在踏板上回頭。

「再見。」

她說完最後一句話的同時，車門也關上了。隔著玻璃的她看起來還是非常寂寞。

有人將手放在我肩膀上——是江神。

他的眼神比平常更溫暖，看樣子，他早就知道會有這樣的結果……

尖銳的汽笛聲響徹月台，列車緩緩前進。我跑進車廂，打開最近的車窗想對她道別。她跟著列車跑了五、六步，將口袋裡的某樣東西丟入車窗——是「soleil」的火柴盒。

理代站在月台邊「小諸」站牌前的白色身影逐漸變小。

夏日的陽光非常溫柔。

後記 ～before the moonrise～

本書是平成元年一月，以《鮎川哲也與十三謎團》第四次出刊本問世，是我的長篇處女作。我十二歲開始閱讀創元推理文庫，沉浸在推理文學的世界，而今我的作品被收入創元推理文庫中，只能說有無限感慨。

回顧過去，雖然寫出踏入文壇當時的回憶還嫌太早，但有人說：「既然是處女作，總得寫些什麼吧！」所以我還是寫了，希望能讓它成爲「一九九〇年前後，號稱新本格派的推理小說作家出道之一例」，誇張點則可稱爲「證言」與「紀錄」。

※

這部作品的原型是我在高中二年級寫的短篇小說，後來在同志社大學推理小說研究社時，整理成一百張稿紙左右，以〈Y的悲劇'78〉爲篇名發表。我很喜歡這篇作品，之後又將它發展成四百五十張稿紙的長篇，以〈月光遊戲——Y的悲劇'86〉爲篇名，應徵第三十屆江戶川亂步獎卻落選，後來成了處女作《月光遊戲——Y的悲劇'88》。從亂步獎落選後，經過兩年的迂迴曲折才成就此書。所謂的迂迴曲折是指這篇作品在獲得鮎川哲也與東京創元社的戶川安宣總編輯認同之前的經過。

我與鮎川老師的關係是所謂的「作家與書迷」，在寫過幾封仰慕信之後，獲得撰寫角川文庫版《沒有鑰匙孔的門》的解說機會，後來鮎川老師又答應我「希望能見一次面」的要求，於是我便去鎌倉拜訪老師，那是我大學畢業的翌年，也就是一九八二年的事。當時老師準備編輯鐵道推理的短篇集，打算採用同志社大學推理研究社刊物《變色龍》刊登的一篇〈鐵路上的燒焦屍體〉。我愣了一下說：「那篇小說的作者有栖川有栖就是我。」老師回答：「眞令人驚訝！」

經過四年，這本短篇集《無人平交道》由光文社出版。一般而言，這樣就已經是很美好的回憶了，但我從小便想成爲推理作家的希望卻更爲強烈。不過，我沒想到出版社眞的會接受鮎川老師的推薦。與其說這一切太順利，倒不如說從未想過，因爲我還是想拿到江戶川亂步獎。

我開始著手創作長篇小說，約莫兩年後完稿，那就是《月光遊戲——Y的悲劇'86》。我想送給鮎川老師閱讀，希望知道他的感想，便多次前往鎌倉。鮎川老師讀後表示「很有趣」，問我：「你還是想拿亂步獎嗎？」然後又說，「這是秘密，所以不能說得太詳細——最近有某家出版社正在徵募長篇推理作品，你打算投稿嗎？」我回答：「我想拿亂步獎。」老師只說了一聲：「是嗎？」眼裡浮現莫名笑意。

在祈求以火山爲背景的這篇小說能爲我帶來幸運時，正好伊豆大島的三原山猛烈爆發。從鎌倉坐新幹線回來，經過熱海時，鄰座的陌生人指著車窗外，對我與內人說：「我昨天經過這裡時看見紅色的火光。」

但這天晚上的海面卻是一片黑暗。

幾個月後，如前所述，我在亂步獎中落選了。得獎作是石井敏弘的《風的迴轉道》。與其他作家交談過後，雖然也聽到不少「我也落選了」的聲音，但像我這樣連初選都沒通過的極少。

我正覺得非常沮喪時，鮎川老師卻說：「我覺得很有趣，不如讓我送去給認識的編輯看看。」出乎意料的話讓我很感激鮎川老師，並讓我心中重燃希望之燈，但社會畢竟非常現實，在鮎川老師的幫忙下，兩位編輯雖然都讀過，卻都認爲不可用，而且嘴裡雖然說「內容是還不錯……」，卻沒提及不錯的地方在哪裡。

我心想，這是我第一次寫長篇小說，只能算剛開始，不能氣餒，但《月光遊戲》仍反覆讓我嚐到失意的苦澀。

「再找一家試試看。」

我雖感激鮎川老師的親切，卻一改守株待兔的心態，開始進行下一部作品的構思。

沒過多久……

一九八八年一月，東京創元社的戶川總編輯與我連絡，表示「我讀過你的作品了。現在正好有事前往大阪，希望與你見個面」。中午休息時間，我們在我上班地點附近的咖啡店碰面。他雖說這樣、那樣不行，卻又好意給了我一些感想，也告訴我「鮎川哲也與十三謎團」叢書與最終卷〈第十三張椅子〉的公開徵文企畫。我這才知道，鮎川老師微笑說著的某出版社就是東京創元社。

「改寫完再給我看吧！當然，我沒有要你應徵第十三卷。」

這就是那時的結論。之後，我努力地思考，卻想不出好點子而呻吟時，剛好接到了戶川先生的來電。

「如何，有進展嗎？」

我大吃一驚，因為我沒想到他會特地打電話過來詢問。我不能再繼續坐在電腦前發呆了。改完稿後，我將總計五百張稿紙的作品交給戶川先生，那是那一年的七月七日，地點在新宿中央高級藝術飯店的咖啡廳。

我下定決心，若還是不行，我會要求再次改寫。但戶川先生肯定地說：「再改寫幾次也一樣，就這麼決定了。」我抑住內心的焦急說：「我想，改寫後應該好很多，謝謝你給我這個機會。」

三天後，我在公司接到戶川先生的電話：

「可以出書了。」

※

「有能力的人再怎麼樣都能出頭。」

我經常會聽到編輯們這麼說，但眞是這樣嗎？不論我如何盡最大努力，很悲哀地，有實力者仍無法保證一定能出頭，不是嗎？

我相信，除了東京創元社以外，沒有出版社會出版我的第一部作品。

※

因爲戸川先生說：「既然是處女作，總得寫些什麼吧！」結果篇幅卻拖長了，我畢竟無法長話短說。

月光遊戲／有栖川有栖著；林敏生譯. -- 初版. -- 臺北市：小知堂， 2006[民95]
面； 公分. --（有栖川有栖：12）
ISBN 957-450-497-2（平裝）

861.57 95009437

知 識 殿 堂 · 知 識 無 限

有栖川有栖 12

月光遊戲

作　　者 有栖川有栖
譯　　者 林敏生
發 行 人 孫宏夫
總 編 輯 謝函芳
責任編輯 李思嫻
發 行 所 小知堂文化事業有限公司
地　　址 臺北市康定路 62 號 4 樓
電　　話 (02)2389-7013
郵撥帳號 14604907
戶　　名 小知堂文化事業有限公司
法律顧問 永然聯合法律事務所
書店經銷 勤力國際股份有限公司
231 臺北縣新店市寶橋路 235 巷 6 弄 1 號 1 樓
TEL：0800-302-888 FAX：02-2910-6891~3
登 記 證 局版臺業字第 4735 號
發 行 日 2006 年 7 月 初版一刷
售　　價 220 元
原著書名 月光ゲーム
GEKKO GAME - Y NO HIGEKI '88(MOONLIGHT GAME)
by ARISUGAWA Alice

購書網址：www.wisdombooks.com.tw
本書如有缺頁、破損、裝訂錯誤，請寄回本公司更換。
郵購滿 1000 元者，免付郵資；未滿 1000 元者，請付郵資 80 元。
ISBN 957- 450-497-2

有栖川有栖

有栖川有栖